한여름 방학의

꿈

남세오 유영민 이유리 전건우 전앤

한 여름 방학의 꿈

|주|자음과모음

이유리

선물은 비밀

2020년 경향신문 신춘문예에 당선되며 작품 활동을 시작했다. 단편집 『브로콜리 펀치』 『모든 것들의 세계』 『웨하스 소년』, 연작 소설집 『좋은 곳에서 만나요』 등을 펴냈다.

키 161.5센티미터, 몸무게 58.2킬로그램, 머리는 어깨에 닿을락 말락 하게 내려오는 검은색 중단발. 교복은 베이지색 체크무늬 치마에 칼라가 달린 흰색 블라우스로 정했다. 검정 뿔테 안경은 꼭 쓸 필요는 없지만 그냥 기분을 내 보기 위한 것. 손목에 무심한 듯 시크하게 끼워 둔 머리끈에는 딸기 모양 플라스틱 비즈를, 백 팩에는 손바닥만 한 형광색 외계인 인형을 달랑달랑 달았다.

음, 물론 여기서 내가 말하는 외계인은 지구인들의 보편적인 상상에 따른 디자인이다.

좋아.

"준비 다 됐어."

나는 거실로 나가 엄마 앞에 섰다.

"어머, 멋지네. 좀 특이하긴 하지만."

"완전 지구 평균에 맞춘 거라고."

"그래? 어디 볼까."

엄마가 허공에 손가락을 한 번 휘저었다. 그러자 또로롱, 부드러운 소리와 함께 내 옆에 홀로그램 이미지가 생성되었다. 지구, 대한민국, 열아홉 살, 여자 고등학생의 평균적인 외형 데이터를 시각화한 이미지가. 이미 수십 번 봐서 익숙했지만 그래도 방심할 순 없다. 트집 잡기로는 우주 최고인 엄마의 눈엔 분명 마음에 안 드는 구석이 보일 테니까.

하지만 엄마는 이미지를 요리조리 회전시켜 가며 나와 비교해 본 뒤 빙그레 웃었다.

"잘 만들었네. 아주 비슷해 보여."

"그치? 나 진짜 연구 많이 했어."

"응, 이 정도면 감쪽같겠어. 그래도 알지? 조심해야 하는 거."

"알아, 알아."

이미 몇 번이나 얘기했다. 나는 아직 미성년이긴 하지만 자랄 만큼 자랐고, 지구에는 그쪽 시간으로 고작 반나절 정도만 머무르다 금세 돌아올 거라고. 하지만 걱정은 넣어 두라는 말은 굳이 덧붙이지 않았다. 엄마의 변덕스러운 기분을 괜히 상하게 했다간 애써 얻어 낸 여행 기회를 망쳐 버릴 수도 있으니까.

"그럼 잘 다녀와. 조심하고."

엄마는 다시 한번 손가락을 휘저어 홀로그램 이미지를 치웠다.

그리고 그 자리에 둥근 원을 그렸다. 이윽고 천천히 원의 둘레가 선명한 황금빛으로 빛나기 시작했다. 나는 두근거리는 마음으로 원이 점점 커지는 것을 지켜보았다. 어른들만 불러낼 수 있는 이 차원 이동 문은 지점 간 이동 거리가 멀수록 색이 짙어진다는 말을 들은 적이 있다. 과연 그동안 학교나 친구네 집, 멀어 봤자 할머니 댁을 갈 때나 열었던 차원 이동 문과는 완전히 다른 색의 빛이었다. 정말 멀리 있구나, 지구는.

금색 원이 가장자리부터 시작해 가운데까지 모두 빠짐없이 빛나게 되자, 나는 괜히 백팩을 한 번 고쳐 멨다. 엄마가 내 양어깨에 손을 올려놓고 나와 눈을 맞추었다.

"언어 번역기는?"

"세팅했어. 한국 여고생 표준어, 평균 데시벨에 평균 속도."

"갈 곳은 정했지?"

"응. 밥 먹고 나서 카페. 구글 맵인가 뭔가로 위치도 다 봐 놨어."

"혹시나 그 애가 공격적인 성향을 드러내면……."

"알아, 알아. 바로 안전한 곳으로 도망친 다음 구조 요청 보내기."

"그래. 그리고 가장 중요한 거, 뭔지 알지?"

"아, 그만해. 진짜 귀에 딱지가 앉게 들었어."

이대로 계속 있다간 약속 시간에 맞추기는커녕 오늘이 다 가도록 출발도 못 할 게 뻔했다. 나는 어서 들어오라는 듯 밝은 빛을 더해 가고 있는 차원 이동 문에 발을 올려놓으며 말했다.

"내가 지구인이 아니라는 거 들키지 않기. 됐지? 나 간다!"

내 몸을 인식한 차원 이동 문이 작동하기 시작했다. 정수리부터 쑥 빨려 들어가는 듯한 익숙한 감각을 느끼며 엄마에게 손을 흔들었다. 고개를 끄덕이는 엄마의 잔상이 잠시 시야에 남았다가 빠르게 사라져 갔다. 나는 약한 어지러움에 눈을 감으며 미소 지었다.

드디어 서윤을 만날 수 있다.

시작은 〈월드 오브 에브리싱〉, 그러니까 게임이었다.

우리 별 아이들이 대부분 그렇듯, 나 역시 범우주 네트워크에 스스로 접속할 수 있게 됐을 때부터 온갖 게임을 섭렵해 왔다. 다만 내 경우엔 취향이 좀 남달랐달까. 나는 또래들이 주로 하던 알록달록 귀여운 캐릭터 위주의 게임엔 금세 질렸다. 내가 원하는 건 크고 방대한 그리고 더 낯설고 사실적인 것들이었다.

그래서 몰래 외워 둔 엄마의 식별 번호로 미성년은 가입할 수 없는 게임에도 계정을 만들게 됐다. 〈월드 오브 에브리싱〉 역시 그중 하나였다.

아니, 사실 그중 하나라고 말하기엔 좀 애매하다. 처음 캐릭터를 만들어 게임 속 세계에 접속하자마자, 나는 다른 게임은 거들떠보지도 않을 만큼 〈월드 오브 에브리싱〉에 매료되어 버렸으니까.

나는 그 게임의 거의 모든 콘텐츠를 즐기고 또 즐겼다. 강한 전사가 되어 모르는 유저들과 함께 몬스터를 잡거나 서로 대전을 하기도 했고, 낚시로 잡은 물고기를 요리하고 천을 가공해 만든 옷을 여러 가지 색깔로 염색해 보기도 했다. 우주만큼 광활하게 느껴지는 맵을 돌아다니며 표시된 지점에 숨겨진 다양한 화석들을 캐내고, 수많은 탈것과 칭호를 모아 자랑하기도 했다. 그 안에선 내가 원하는 모든 것을 할 수 있었다. 그래, 친구를 사귀는 것까지도.

게임에서 친구를 사귀는 게 이상하다거나 문제가 될 만한 일은 전혀 아니었다. 이미 많은 사람이 전뇌 네트워크를 통해 다른 유저와 목소리나 화상을 연결해 게임을 하고 있었고, 그러다가 의기투합해 현실 친구로 이어지는 것 역시 아주 흔했다. 다만 내 경우엔 그게 조금 어려웠다. 나는 우리 별이 아닌 다른 별, 지구 서버에서 놀고 있었으니까.

지구는 범우주 네트워크 연합에 가입되어 있지 않은 별이다. 더군다나 D급 행성, 그러니까 아직 자기 별 외의 다른 별에 사는 생물들의 존재조차 모르는 단계의 행성이다.

지구 서버를 고른 데 특별한 이유가 있는 건 아니었다. 우리 별 서버는 너무 북적거려 유저가 몰리는 시간대엔 원활한 플레이가 어려웠다. 오래 하다 보니 눈에 익은 닉네임들이 보이는 탓에 가끔 이상한 짓을 하고 싶을 때 꺼려지는 구석이 있기도 했다. 그래서 아무도 나를 모르는 쾌적하고 조용한 서버를 찾다가 목록 제일 아래쯤에서 지구 서버를 발견한 거였다.

지구에서도 〈월드 오브 에브리싱〉은 꽤나 인기가 있는지 유저 수가 적지 않았지만, 그래도 우리 별 서버보다는 사정이 훨씬 나았다. 나는 지구 서버에 캐릭터를 새로 만들어 열심히 레벨을 올렸고, 그러다가 서윤을 알게 되었다.

게임을 오래 하다 보면 멋모르고 어리바리한 초보 유저를 도와주는 일이 흔히 있다. 특히 〈월드 오브 에브리싱〉 같은 오래된 게임들에는 새로 유입되는 유저보다 소위 '고인물'이 훨씬 많다. 그러다 보니 초보 유저에게 박하게 구는 분위기도 아니므로, 그날 내가 서윤에게 해 준 일 역시 그다지 특별한 선행은 아니었다. 보스 몬스터를 처치하는 걸 도와주고 다음 퀘스트를 받는 곳까지 데려다준 것뿐이었으니까. 양보한 아이템 역시 내겐 전혀 필요 없는 초급자용이었다.

그래서인지 나는 "그럼 즐겜 하세요" 하고 성간 언어 번역기를 통해 전달되었을 짧은 인사를 남긴 뒤, 금세 다른 할 일에 몰두하며 내가 그랬다는 것조차 까맣게 잊어버렸다.

그 일을 다시 기억해 낸 건 며칠이 지난 뒤, 게임 속 우편함에 뜬금없이 편지 한 통이 온 것을 봤을 때였다. 편지를 열어 보니 '우주의 꽃'이라는 아이템과 함께 짧은 문장이 적혀 있었다.

[그저께 도와주셔서 감사했습니다. 아주 쓸모 있는 템은 아니지만 예뻐

서 보내요.]

보낸 이의 닉네임은 '가가린'이었다. 가가린이 누구더라? 생각해 봤지만 떠오르는 바가 전혀 없었다. 그냥 거기서 무시했어도 됐을 일이고 보통은 그랬겠지만, 그러지 않았던 건 서윤과 내가 만날 운명이었기 때문은 아니었을까.

전적 검색창에 가가린을 입력하자 내가 그와 함께 잡았던 보스몬스터가 나타났고, 그제야 그가 누구인지 기억이 났다. 동시에 나는 풋, 하고 소리 내며 웃고 말았다. 가가린이 보낸 우주의 꽃은 염색 재료로나 쓰이는 하잘것없는 아이템이지만, 이 꽃을 얻으려면 그의 레벨에서는 가기 어려운 등급의 던전 깊숙이 들어가야만 한다. 아마 입구에서부터 여러 번 죽었을 텐데.

나는 푸르게 빛나는 우주의 꽃을 인벤토리에 넣고 잠시 바라보다가, 가가린에게 답신을 보냈다.

[그런데 가가린이 무슨 뜻이에요?]

답장은 바로 왔다.

[엥? 유리 가가린 모르세요? 최초로 우주에 간 사람.]

누군가와 친구가 되는 방법은 여러 가지가 있다. 맛있는 것을 같이 먹는다든가, 재밌는 곳에 함께 간다든가. 하지만 그중 가장 좋은 방법은 각자가 좋아하는 것에 대해 이야기를 나누는 것이다. 그날 나는 가가린, 아니, 서윤과 오랫동안 그런 얘기를 했다.

매번 우편함을 확인하며 편지로 이어 가던 대화가 채팅으로 바뀐 것은 금방이었다. 서윤과 나는 〈월드 오브 에브리싱〉 안에 있는 작은 호숫가에서 만났다. 서로 멀리 떨어져 있어도 귓속말을 주고받을 수 있지만, 왠지 그땐 그러고 싶었달까. 서윤의 캐릭터와 내 캐릭터는 호수를 바라보며 들판에 앉아 많은 이야기를 나누었다. 자기 자신에 대해서, 요즘의 관심사와 고민에 대해서 그리고 서로가 좋아하는 것에 대해서.

서윤은 자신이 대한민국의 대전이라는 도시에 사는 열아홉 살 여자아이라고 했다. 나는 당연히 그곳을 알고 있는 척 대꾸하긴 했지만, 사실은 서윤이 말하는 동안 전뇌 네트워크에 접속해 대한민국과 대전의 모습을 찾아보았다.

그러고 보니 지금까지 지구 서버에서 게임을 해 왔으면서도 정작 지구가 우주 어디에 붙어 있는 어떤 별인지는 전혀 모르고 있었다. 지구인들은 이렇게 생겼구나. 하늘은 이렇고 거리는 이런 모습이구나. 이제껏 수많은 별의 생활상과 문화에 대해 배우고 들었지만, 지구는 지금까지 봤던 어떤 별과도 달랐다. 어디에나 빛과 색깔이 넘쳐 나고 생물들은 활력 있어 보였다. 나는 순식간에 지구에 매료되었다.

내가 전뇌 네트워크와 게임을 왔다 갔다 하며 서윤의 이야기에 언급되는 정보를 찾는 동안, 서윤은 띄엄띄엄 이것저것을 얘기했다. 유리 가가린은 최초로 우주 비행에 성공한 러시아 우주 비행사이자 자기에게 처음으로 우주의 꿈을 심어 준 사람이라는 것, 한국에도 여성 우주 비행사가 있었다는 것, 자신의 꿈은 한국 항공 우주 연구원에 들어가 우주를 연구하는 사람이 되는 거라는, 그런 얘기들을.

[너무 제 얘기만 했네요. 님은 어디 사시고 몇 살인가요? 남자? 여자?]

그때 서윤의 질문에 나도 모르게 이렇게 대답해 버린 건 지구가 외계 종족의 존재를 모르는 D등급 행성이기 때문만은 아니었을 것이다. 그보다는 살고 있는 별도 종족도 다른 이 애가 그냥 좋아서, 그가 나와 같은 것을 좋아한다는 사실이 더욱 반갑고 기뻐서, 더 친해져서 보다 많은 이야기를 나누고 싶어서. 그래, 그래서였다.

[저도 열아홉 살 여자. 저는 서울 살아요.]

물론 거짓말이다. 서울이 대한민국의 수도라는 정보를 보고 가장 인구수가 많은 도시려니 싶어 갖다 붙인 것일 뿐이다. 그러나 그다음으로 덧붙인 말은 순도 100퍼센트의 진심이었다.

[저도 우주 엄청 좋아해요. 정말로.]

서윤은 모를 것이다. 내가 말하는 우주와 서윤이 말하는 우주는 조금 다른 의미라는 걸. 서윤 같은 지구인에게 있어 우주는 아직 미지의 세계일 것이다. 밝혀지지 않은 것들이 산더미처럼 있는, 연구할 만한 가치가 충분한 공간이겠지.

하지만 우리 종족에게 우주란 그저 텅 빈 장소다. 이미 우리는 우주에 대해 속속들이 알고 있고, 필요하다면 우주를 더 만들어 내거나 지워 버릴 수도 있다. 우주에는 더 이상 어떤 비밀도 신비도 남아 있지 않다. 이제는 차원 이동 문 개방 면허를 아직 취득하지 못한 미성년 아이들이 별과 별 사이를 이동할 때나 가끔 지나가는 공간이자 숨 막히게 조용하고 깜깜하고 지루한 곳일 뿐이다.

그건 내가 우주를 좋아하는 이유이기도 하다. 생각이 많아질 때, 기분이 꿀꿀할 때 나는 아빠의 낡은 우주선을 몰고 혼자 우주로 나가곤 한다. 우리 별을 어느 정도 벗어난 뒤 둥근 창밖으로 펼쳐진 검은 풍경을 멍하니 바라보는 게 내 취미다. 고요한 그곳에선 저절로 마음이 차분해지고 복잡한 머릿속이 착 가라앉는 기분이 든다. 나는 우주선을 자동 운항 모드로 맞추고 좋아하는 음악을 연달아 들으며 과자를 먹다가 돌아오는 걸 특히 좋아한다. 그러고 나면 우울한 감정이 싹 날아가는 것 같다.

하지만 그런 차이점을 서윤에게 굳이 설명할 필요는 없었다. 함께 우주에 대해 이야기하는 것만으로도 충분히 즐거웠으니까. 지구인의 지식을 기준으로 한 서윤의 우주 이야기는 나름대로 재미있었다. '우주는 무엇으로 이루어졌나' 혹은 '우주의 시작은 어디서부터인가' 같은, 내 입장에선 너무나 기초적인 질문들의 해답을 진지하게 궁금해하는 서윤을 보면 입이 간지러웠다. 물론 말해 줄 순 없었지만. 그런 이야기를 하다 보면 우리의 대화는 자연스레 우주가 얼마나 좋은지, 왜 좋은지 떠드는 우주 찬양으로 변해 버리곤 했다.

[우주를 유영하고 있으면 얼마나 조용하고 고요할까. 꼭 이 세계에 나 혼자 남은 듯한 기분일 거야.]

서윤은 그런 말을 하고 나면 머쓱하다는 듯 문장 뒤에 웃는 이모티콘을 붙이곤 했다. 나는 그 이모티콘을 볼 때마다 마음이 울렁거렸다. 내 마음을 정확히 이해해 주는, 나와 똑같은 생각을 하며 미소 짓는 누군가가 있다는 사실이 가슴 떨리도록 기뻤다. 나도 그래. 나두 정말 그 기분을 느끼고 싶어. 그리고 너와 더 이야기하고 싶어. 우리가 이루고 싶은 것에 대해, 우리가 함께 좋아하는 것에 대해서.

그러나 서윤은 나만큼 게임에 자주 접속하는 편은 아니었다. 거의 모든 한국 청소년이 열아홉 살이 되면 치른다는 '수학 능력 시험'이라는 시험을 준비하고 있었기 때문이다. 그것은 한국인들이 일생에서 가장 중요하게 여기는 시험이라고 전뇌 네트워크에 씌어 있었다. 나 역시 열아홉 살이라고 말해 두었으므로, 서윤은 나도 당연히 그 시험을 치를 거라고 믿고 있었다.

그게 자신이 우주 연구자가 될 수 있을지 없을지를 결정지을 아주 중요한 관문이라고, 서윤은 자주 말했다. 그러니 공부를 게을리하면 안 된다고. 게임은 머리를 식히기 위해 잠깐씩 하는 것뿐이라고.

사실 서윤은 우주보다 공부나 대학교에 대한 얘기를 더 자주 했다. 그때마다 나는 한국 고등학생들의 소셜 네트워크 페이지를 학습시킨 AI를 활용해 적당히 그럴듯한 대답을 찾아내 말해 주었고, 모르는 단어가 나오면 꼼꼼히 그 뜻을 공부했다. 예를 들어 서윤이 "어제 모평 어땠어?"라고 물었을 때 "가채점해 봤는데 전 과목 두 개 틀렸어. 과탐이 좀 어려웠고 영어랑 수학은 평이"라고 대답하며, 동시에 '모평' '가채점' '과탐' '영어' '수학'이 대체 뭔지 검색해 보는 식이었다.

서윤의 성적은 평균적인 고등학생의 성적에 비해 굉장히 높은 편에 속했다. 하지만 서윤은 안심하지 못하는 것 같았다. 며칠 걸러 한 번씩 게임에 접속해 주로 낚시나 요리를 하면서 나와 시간을 보낼 때마다 꼭 성적 얘기를 꺼내며 우울해하곤 했다. 이런 걸 하고 있을 때가 아니라며 갑자기 게임을 나가 버리는 일도 종종 있었다. 나는 그럴 때마다 섭섭했지만, 어쩔 수 없다고 생각했다. 누구에게나 꿈을 이루는 건 중요하니까.

[별을 가까이서 보려면 내가 먼저 별만큼 빛나야 해.]

서윤이 좋아하는 말이었다. 노트 첫 장에도 저 말을 적어 두었다고 했다. 나는 노트에 적힌 문장을 손가락으로 쓰다듬으며 혼자 책상에 앉아 있는 서윤을 자주 상상했다. 얼굴은 모르지만. 공부란 건 안 해 봐서 잘 모르겠지만 분명 힘들고 외로운 일, 하기 싫어도 억지로 해야 하는 일이겠지. 그런 일을 당연한 듯 해내는 서윤이 멋있어 보였고 동시에 안쓰럽기도 했다.

서윤이 없는 〈월드 오브 에브리싱〉 안에서 나는 여전히 여기저기 쏘다니며 게임을 즐겼지만 더 이상 예전만큼 즐겁지 않았다. 서윤을 기다리는 동안 시간을 때우기 위해, 서윤이 게임에 들어오는 것을 놓치지 않기 위해 하는 것에 더 가까웠달까. 그러다가 서윤이 접속했다는 알림이 뜨면 뛸 듯이 기뻤다.

그러니 어느 날 서윤이, 우리 한번 만나는 게 어떻겠냐고 제안했을 때 내가 거절할 수 없었던 건 당연한 일이었다.

[여름 방학이니까 하루쯤은 괜찮지 않을까. 내가 서울로 갈게. 오래는 못 있겠지만 밥이라도 먹자.]

좀 이상한 말이지만, 그 순간 나는 서윤을 더 잘 이해하게 되었다. 항상 생각만 하던 것을 실제로 만나는 건 정말 아름답고 신비하고 설레는 일이구나. 서윤이 언젠가 바라던 대로 우주 연구자가 되어 그토록 고대하던 우주의 비밀을 두 눈으로 직접 볼 기회가 생긴다면, 그때 서윤은 지금 나와 같은 기분이겠지.

그래, 서윤과의 만남을 위해서라면 얼마든지 고생을 감내할 수 있을 것 같았다. 뭐, 내가 한 고생이라고 해 봐야 D등급 행성으로 여행을 가도 된다는 엄마의 허락을 받아 내려고 골머리를 앓았던 것뿐이지만. 다문화 체험 학습이라느니, 독립심을 기른다느니 하는 핑계를 만드느라 애쓰긴 했으나, 서윤을 볼 수 있다면 이 정도는 아무것도 아니었다.

차원 이동 문 안에서, 나는 주머니에 손을 넣어 보았다. 서윤에게 주려고 준비한 '선물'이 잘 들어 있는지 확인하기 위해서였다. 조그맣고 단단한 물건이 만져졌다. 좋아, 하고 중얼거리며 눈을 감았다. 이제 눈을 뜨면 지구에 도착해 있을 것이다.

"저…… 혹시, 김예은?"

순간 곧바로 대답하지 못했던 건 내가 서윤에게 알려 준 가짜 이름을 얼른 알아듣지 못했기 때문일까, 아니면 먼 길을 왔음에도 불구하고 그때까지도 우리가 만난다는 사실을 믿지 못하고 있었기 때문일까.

"어, 어? 이서윤?"

"맞구나! 잘 만나서 다행이다. 야, 요즘 세상에 휴대폰도 없는 애가 어딨어, 정말!"

고등학생이라면 대부분 가지고 있다는 휴대폰이 왜 내겐 없는지 해명할 핑계는 충분히 생각해 왔지만, 나는 아무 말도 하지 못하고 그저 서윤만 바라보고 서 있었다. 내 눈앞에 실제로 서윤이 있다는 사실에 감동하느라 바빴기 때문이었다.

서윤은 생각보다 키가 작았고, 긴 머리를 뒤로 늘어뜨려 하나로 묶고 있었다. 동그란 얼굴에 통통한 볼이 귀여웠다. 너는 이렇게 생겼구나. 내가 상상했던 것보다 훨씬 더 귀엽고 활기차구나.

"반가워. 오느라 고생 많았어."

"고생은. KTX 타니까 진짜 금방이던걸. 아무튼 반가워."

서윤이 손을 내밀었다. 나는 너무 바보같이 웃지 않으려고 노력하면서 그 손을 잡았다. 처음으로 잡아 보는 서윤의 손은 따뜻했다. 오, 지구인의 촉감은 이렇구나. 속으로 신기해하고 있는데 서윤이 갑자기 물었다.

"근데 방학인데 왜 교복 입었어?"

아참! 그랬지. 방학 때는 학교에 안 간댔는데. 당황한 나는 입을 딱 벌렸다가 황급히 변명했다.

"아, 아침에 잠깐 학교 들렀다 오느라고…….."

"너네 학교는 고3도 방학 때 부르고 그래?"

"어어, 학교가 좀 빡세서……. 어쨌든 여기 진짜 붐빈다. 사람 엄청 많네."

"응? 너 이 근처 산다고 하지 않았어? 서울역 처음 와 봐?"

"다, 당연히 아니지. 오늘따라 사람이 많다고. 하하하."

생각보다 예리한 면이 있네. 등골을 타고 식은땀이 흘렀지만 억지웃음을 지었다. 이상한 애가 다 있다는 표정으로 나를 바라보던 서윤이 피식 웃었다.

"너 진짜 특이하다. 게임에서 볼 때도 그렇게 생각하긴 했지만."

"내가 좀 특이한 면이 있지."

엄청 특이하지. 널 만나겠다고 다른 별에서 올 정도니까. 나는 가볍게 서윤의 팔짱을 꼈다.

"아무튼 밥 먹으러 가자. 점심 안 먹었지? 서울 온 기념으로 내가 쏠게. 파스타 어때?"

"오, 파스타 좋지. 그럼 고맙게 얻어먹어 보도록 할게."

서윤이 활기차게 대꾸했다. 식당의 위치는 출발하기 전 구글 맵으로 보아 둔 데다 아까 미리 한 번 가 보기까지 했으므로 확실히 알고 있었다. 나는 자신 있게 서윤과 역 바깥으로 향했다.

그런데 서울역을 채 벗어나지도 못했는데, 서윤이 갑자기 걸음을 멈춰 섰다.

"있잖아, 너 어디 아파?"

"응? 왜?"

"아니, 걷는 게 좀 이상한 것 같아서."

이런, 뭐가 문제지?

그러다 알아차렸다. 지구의 중력은 우리 별보다 조금 낮은 편이다. 이런 상황에서 한 번도 해 보지 않은 이족 보행을 갑자기 하려니 걸음걸이가 이상해 보였던 걸까. 어쩐지 사람들이 나를 계속 흘긋거린다 싶더라니.

"어, 그게…… 아까부터 배가 좀 아픈 것 같긴 해."

"헉, 혹시 생리 터졌어?"

서윤이 걱정스럽게 물었다.

"……어? 어. 그런 것 같아."

어영부영 대답하긴 했지만, 눈이 동그래지는 서윤을 보자 머릿속이 더욱 복잡해졌다.

대체 생리가 뭐지……?

게임 속에선 이럴 때 재깍재깍 전뇌 네트워크에 검색해 볼 수 있었는데. 나는 범우주 네트워크가 없는 지구를 마음속으로 원망하며 눈알만 데굴데굴 굴렸다. 하지만 없는 걸 아쉬워해 봤자 소용없는 노릇이었다.

"진짜 생리 터졌다고? 빨리 화장실 가야 되는 거 아니야? 생리

대는 있어?"

"응? 있어, 있어. 가방에 있어."

어깨를 들썩이며 등에 멘 백팩을 가리켰지만 사실 백팩 내부는 구현되어 있지도 않다.

"화장실 저기 있다. 얼른 갔다 와."

서윤이 팔짱을 풀더니 나를 살짝 밀었다. 엉겁결에 그쪽으로 향하면서도 화장실에 가야 하는 이유를 알 수 없는 건 여전했다.

아무튼 가라면 가야지 어쩌겠어. 나는 최대한 자연스럽게 걸으려 노력하면서 뒤를 살짝 돌아보았다. 서윤은 고개를 갸웃거리며 내 뒷모습을 바라보고 있었다. 오늘 하루 괜찮게 보낼 수 있을까? 떠날 때만 해도 전혀 들지 않았던 걱정이 이제야 스멀스멀 생겨나기 시작했다.

하하하. 서윤에게 어색하게 웃어 보인 뒤 나는 화장실로 씩씩하게 걸어 들어갔다. 그 안에서 뭘 해야 하는지 전혀 모르는 채로.

비록 시작이 엉망이긴 했지만, 적어도 식당에서만큼은 내가 굉장히 '지구인 같았다'고 자부할 수 있다. 언젠가 서윤이 파스타라는 음식을 좋아한다는 걸 지나가는 말로 이야기한 뒤부터, 오늘의 메뉴를 그걸로 정해 두고 먹는 방법을 계속 연구해 왔으니 말이다. 포크를 적절하게 사용하는 내 모습은 의심할 여지 없이 완벽한 지구인이었다. 단 한 가닥의 면발도 흘리지 않았고, 함께 나온 무 피클을 중간중간 먹어 주는 것도 잊지 않았다.

그러는 동안 수다도 즐겁게 떨었다. 그 역시 사전 조사가 철저했기에 가능한 일이었다. 우리는 〈월드 오브 에브리싱〉부터 시작해서 각자의 친구들 이야기, 요즘 유행하는 것들에 대한 가벼운 이야기를 주고받으며 자몽에이드를 쪽쪽 빨아 마셨다. 종종 위험한 순간이 있긴 했지만, 적당히 얼버무리거나 화제를 돌리는 식으로 해결할 수 있었다. 최신 영화와 TV 프로그램, 아이돌, 요즘 뜨는 인스타그램 스타까지, 준비해 온 이야깃거리는 아주 많았으니까.

서윤은 쾌활하게 떠들며 까르르까르르 자주 웃었다. 그럴 때마다 나도 덩달아 웃음이 났다. 지구인들은 다 저렇게 듣기 좋은 소리로 웃는 걸까, 아니면 서윤이 특별히 예쁜 웃음소리를 가진 걸까. 나는 자꾸자꾸 새로운 화제를 꺼내 서윤을 웃기려고 애썼다. 덕분에 식당을 나와 카페에 앉았을 때쯤, 서윤은 웃다 못해 찔끔흐른 눈물을 손등으로 찍어 내고 있었다.

"아, 너 진짜 웃긴다. 이렇게 재밌는 앤 줄 알았으면 더 일찍 만날 걸 그랬어."

아이스초코를 앞에 놓은 서윤이 말했다.

"그러게, 더 빨리 만났으면 좋았을걸."

"그래도 지금이라두 만난 게 다행이지 나 이제 더 바빠질 거거든. 실은…… 게임도 접을 거야."

청천벽력 같은 말에 나는 입으로 가져가려던 빨대를 그만 놓치고 말았다.

"……게임 접는다고?"

"여름 방학이잖아. 게임할 시간이 어딨어."

"방학은 쉬라고 있는 거 아니야?"

그러자 서윤이 무슨 멍청한 소리를 하냐는 듯 황당해하며 눈을 동그랗게 떴다.

"뭐야, 너 고3 맞아? 여름 방학 때 공부에 올인해야지. 너도 성적 좋다고 방심하면 큰일 나. 여름 방학엔 너도나도 과외받고 단기 학원 다니기 때문에 공부 못하던 애들이 2학기 때 갑자기 치고 올라온단 말이야."

나는 대답 대신 내 몫의 레모네이드를 한 모금 삼켰다. 예상치 못한 시큼함이 입안을 가득 채웠지만 속상한 마음에 맛이 제대로 느껴지지도 않았다. 서윤이 이제 게임을 안 한다니. 게임 속에서조차 만날 수 없다니…….

결국 나는 볼멘소리로 웅얼거렸다.

"그렇게까지 해야 돼? 너 공부 엄청 잘하잖아. 성적 되게 좋잖아……."

"야, 나도 게임하고 싶지. 근데 그럴 시간이 없다니까. 한국 애들하고만 경쟁하는 게 아니잖아. 나 이미 늦었어. 더 어릴 때 외국으로 나갔어야 했는데. 하아, 초등학교라도 외국에서 나왔으면 좀 좋아. 영어 걱정은 없었을 거 아냐."

서윤이 한숨을 쉬며 빨대를 잘근잘근 씹었다. 할 말이 없어진 나는 말없이 카페 창문 너머 밖을 바라보았다. 거리에 가득 찬 지구인들이 분주하게 다리를 놀리며 저마다 어딘가를 향해 가고 있었다. 다들 어디로 가는 걸까. 저들도 서윤처럼 바쁘게 살고 있을까. 지구에서는 그게 평범한 삶인 걸까.

앞만 보며 뚜벅뚜벅 걸어가는 지구인들의 얼굴을 하나하나 들여다보다, 문득 중얼거리듯 서윤에게 물었다.

"너는 우주가 그렇게 좋아?"

"응? 당연하지. 내가 왜 이 고생을 하고 있는데."

서윤은 그렇게 대답하곤 내 얼굴을 빤히 바라보았다. 나는 괜히 눈을 내리깔고 그 시선을 피해 버렸다. 그러자 서윤이 한숨을 푹 내쉬었다.

"예은아, 왜 그래? 내가 게임 접는다고 해서 그래? 게임 안 한다고 연락이 끊기는 건 아니잖아. 너도 대학교 가면 휴대폰 다시 만든다며. 그때 카톡 하고 그러면 되지."

"그렇지. 그렇긴 하지. 그냥 내 말은…… 너는 정말 그게 좋냐는 거야."

"좋냐고? 뭐가?"

"공부하는 거 하고 싶은 거 아무것도 못 하고, 맨날 스카에서 밤새워 가면서 맛도 없는 커피 들이켜고, 잠 깨면 또 공부하고, 평균 점수 영 점 몇 점 때문에 울고. 그게 진짜 좋아?"

"얘가 왜 이래? 공부를 좋아서 하는 사람이 어딨어."

대꾸하는 서윤의 미간이 잔뜩 찌푸려진 걸 보고 나서야 괜한 말을 했구나 생각했지만, 뱉은 말을 주워 담을 재간은 없었다.

"당연히 나도 싫지. 토 나오게 지겹고 짜증 나지. 근데 뭐 다른 방법 있어? 가만히 있으면 누가 나 항우연에 취직시켜 준대? 진짜 되고 싶은 게 있으면 노력을 해야지, 노력을. 얘는 참, 자기도 고3이면서 무슨 그런 철없는 소리를 아직까지 하고 있어."

그렇게 말하며 서윤은 흘끗 자기 손목을 확인했다. 그 행동의 의미를 금세 파악한 나는 눈물이 핑 돌 만큼 슬퍼졌다. 서윤의 손목에 있는 저것이 스마트워치, 즉 시간을 보여 주는 기계라는 건 알고 있다. 빨리 돌아가고 싶어진 걸까? 내가 이상한 소리를 해서?

아무 말도 하지 못하고 물방울이 맺힌 레모네이드 잔만 노려보고 있는데, 서윤이 내 생각에 쐐기를 박듯 말했다.

"조금만 더 있다가 일어나자. KTX 티켓 끊어 놨거든. 저녁에 과외 있어서."

"……서윤아."

나도 모르게 서윤을 불렀지만 여전히 무슨 말을 해야 할지 몰랐다. 서윤이 왜? 하고 묻는 듯한 얼굴로 나를 바라보았다. 나와 서윤은 테이블을 사이에 두고 잠시 서로 눈 맞춤을 했다. 서윤의 눈동자가 새까맣게 반짝거리고 있었다. 우주선 바깥으로 내다보던 풍경처럼, 모든 소리를 고요하게 빨아들이는 우주처럼.

다음 순간, 내가 뱉은 말은 나도 예상치 못한 것이었다.

"나, 지구인 아냐. 너 보려고 다른 별에서 왔어."

말을 하고 나서야 가슴이 덜컥 내려앉았다. 내가 왜 이런 말을 했지? 절대로 들켜선 안 되는 걸 내 입으로 직접 말해 버리다니. 차원 이동 문에 오르기 전 내게 신신당부하던 엄마의 목소리가 떠올랐다. 물론 그게 아니더라도 알고 있다. 이런 말을 한 걸 들키면 큰 벌을 받을 거라는 정도는.

하지만 그보다 걱정되는 건 서윤의 반응이었다. 이러려고 한 건 아니었는데, 정말로 아니었는데. 이번에야말로 나한테 정이 떨어졌을 거야. 미친 애라고 생각하겠지. 나는 어깨를 움츠리고 서윤의 표정을 살폈다. 서윤은 한동안 말없이 나를 빤히 쳐다보았다. 그러고는 작게 한숨을 내쉬며 말했다.

"그래, 그런 것 같다."

도리어 할 말이 없어진 건 내 쪽이었다. 나는 그저 입을 헤 벌린 채 꼴깍꼴깍 아이스초코를 마시는 서윤을 바라보다가 조심스럽게 물었다.

"······믿어?"

서윤이 고개를 살짝 두 번 끄덕였다. 그리고 빙긋 미소 지었다. 마치 방금 들은 얘기는 아무것도 아니라는 것처럼. 그 미소를 보자 여름 교복 밑으로 두근두근, 심장이 빠르게 뛰는 게 느껴졌다.

지구인들은 어떨 때 이만큼 가슴이 뛸까. 설렐 때일까, 겁이 날 때일까. 알 수 없었지만, 나는 고개를 푹 숙였다. 서윤을 따라 웃고 있는 내 얼굴을 괜히 감추고 싶어서였다.

사정을 전부 설명할 순 없었지만, 서윤은 자세한 건 말하기 어렵다는 내 말을 이해해 주었다. 오히려 이것저것 궁금한 게 많은 건 내 쪽이었다.

"어떻게 그렇게 바로 믿어? 절대 안 믿을 거라고 생각했는데."

"난 외계인의 존재를 믿거든. 우주가 그렇게 넓고 큰데 지구에만 생명체가 산다는 건, 뭐랄까, 비효율적이잖아. 게다가 이전부터 네가 좀 이상하다고 생각하긴 했어."

"나? 뭐가?"

"콕 집어 말하긴 애매하지만, 예를 들면…… 음, 게임에 대한 건 빠삭한데 학교 얘기만 하면 이상하게 답장이 조금씩 늦고, 그러고 나면 꼭 어디서 검색해서 알아낸 것 같은 얘기만 하는 거? 참, 고3이라면서 자기 선택 과목도 잘 모르고 있다든가, 성적 엄청 좋다면서 문제집 추천해 달라니까 얼버무리는 것도 이상했고. 그래도 외계인일 줄은 상상도 못 하긴 했어. 솔직히, 난 네가 여고생인 척하는 아저씨일 거라고 생각했어."

"헐, 그럼 왜 만나러 온 거야? 진짜 아저씨였으면 어떡하려고."

"대충 봐서 아저씨면 튀려고 했지, 뭐. 그리고 왠지 그냥 괜찮을 것 같았어. 네가 좋은 사람일 것 같다는 확신 정도는 있었달까. 아, 사람이라고 하면 안 되나?"

"음, 편할 대로 불러."

웃기려고 한 말은 아니었는데, 서윤은 깔깔 웃었다. 그 웃음을 보니 살짝 용기가 생겨 슬그머니 물었다.

"근데 왜 내가 좋은 사람일 거라고 생각했어?"

"우주 좋아하는 사람치고 나쁜 사람 없거든."

아직 얼굴에 웃음기가 남은 서윤이 장난스레 대답했다.

아참! 우주!

그 단어를 듣자 갑자기 생각났다. 서윤에게 주려고 가져온 선물이. 나는 주머니에서 선물을 꺼내 테이블에 올려놓고 서윤 쪽으로 슥 밀었다.

"이게 뭐야?"

"선물. 좋아할 거야. 지금 너한테 완전 꼭 필요한 거."

"응? 뭐길래?"

서윤은 그것을 집어 들고 이리저리 살펴보았다.

"이거 USB 아니야?"

"맞아. 내가 직접 만들었어."

나는 의기양양하게 대답했다. 어려운 일은 아니었다. 이런 단순한 구조의 장치는 전뇌 네트워크에서 찾은 설계도만 보면 뚝딱 만들어 낼 수 있으니까. 오히려 어려웠던 건 그 안에 넣을 내용물을 정하는 일이었다.

"여기에 뭐가 들어 있는데?"

"맞혀 봐. 뭐일 것 같아?"

"글쎄. 우리가 같이 게임했던 영상? 공부 자료?"

"아니야. 그것보다 훨씬 더 재미있는 거야. 네가 정말 좋아할 만
한 거."

"뭔데? 알려 줘."

"지금은 말 못 해. 아무튼, 지구에서 통용되는 컴퓨터 환경에 맞
게 만들었으니까 집에 가서 확인해 봐."

"음, 알겠어. 어쨌든 고마워."

서윤이 USB를 가방 앞주머니에 넣으며 말했다. 나는 뿌듯한 마
음으로 고개를 끄덕였다. 그러자 서윤이 씨익 웃었다.

"왜?"

"아니, 외계인이나 지구인이나 선물을 주고받는 문화는 똑같구
나 싶어서."

그렇게 말한 서윤이 가방에서 뭔가를 쑥 끄집어냈다. 지구인
여성의 주먹보다 조금 큰 종이 상자였다. 이번에는 서윤이 그것
을 내 쪽으로 쭉 밀었다.

"나도 너 주려고 가져온 거야. 열어 봐도 돼."

나는 서윤과 상자를 번갈아 보다가 상자를 집어 들었다. 생각
보다 묵직했다. 상자 뚜껑을 열고 안에 든 것을 조심스럽게 꺼내

손바닥 위에 올렸다. 정육면체 모양의 투명한 크리스털 장식품이었다. 장식품 한가운데에 알사탕만 한 크기의 푸르고 흰 구체가 보였다. 그 아래 필기체로 씌어 있는 'Earth'라는 단어를 읽지 않아도 알 수 있었다. 그게 우주에서 바라본 지구의 모습이라는 걸.

나는 크리스털을 눈높이로 들어 올려 빛에 비추어 보았다. 나도 모르게 아, 하는 탄성이 나왔다. 지구 모양을 통과해 나온 빛이 내 얼굴에 파란색 빛줄기를 던지고 있었다. 정말 영롱하고 아름다웠다.

"……이렇게 예쁜 건 처음 봐."

"내가 아끼는 거야. 예전에 영월에 있는 천문대에 갔을 때 산 건데, 네가 좋아할 것 같아서. 모르고 준비한 거긴 하지만, 지구 방문 기념품으로 딱이네."

서윤이 미소 지었다.

"고마워. 소중히 간직할게."

"뭘. 네 선물도 뭔지 궁금하다. 빨리 집에 가서 열어 봐야지."

나는 대답하지 않고 씩 웃기만 했다. 아직은 말해 줄 수 없지만, 분명 내 선물도 서윤의 마음에 쏙 들겠지. USB를 열어 보고 기뻐 날뛸 서윤을 생각하니 기분이 좋았다. 각자 집에 돌아가 게임에서 다시 만나면 선물에 대한 감상을 들을 수 있겠지. 그렇게 생각하니 곧 있을 이별도 크게 섭섭하지 않게 느껴졌다. 그래, 지구에서는 어렵겠지만 게임 속에서 또 만나면 되니까. 언제든지 그럴 수 있을 테니까.

그러나 서윤이 내 선물을 좋아했는지 아닌지, 나는 끝내 알 수 없었다. 그날 이후 서윤은 한 번도 〈월드 오브 에브리싱〉에 들어오지 않았으니까.

무슨 일이 있는 걸까. 그날 집에 돌아가다가 혹시 사고라도 난 걸까. 나는 온갖 추측을 하며 온종일 게임에 접속해 서윤을 기다렸다. 답이 돌아오지 않는 편지와 귓속말도 여러 번 보냈다. 그마저도 할 수 없게 된 건, 그러니까 서윤의 계정이 아예 삭제됐다는 걸 안 것은 지구 시간으로 열흘 즈음 지나고 난 뒤였다.

어떻게 된 걸까.

여덟 개의 촉수 끝을 번갈아 물어뜯어 가며 머리가 터져라 생각했다. 내가 무언가 실수를 하진 않았는지, 혹시 서윤의 기분을 상하게 한 일은 없었는지. 그날의 일을 처음부터 끝까지 여러 번 곱씹어 봤지만 짚이는 것은 없었다. 우리는 분명 즐거운 시간을 보냈는데. 재미있는 얘기를 실컷 하고 선물도 주고받고, 헤어질 때도 이따 게임에서 보자며 서로에게 손을 흔들었는데.

혹시 선물이 마음에 들지 않던 걸까.

굳이 이유를 찾자면 짐작 가는 건 그 점뿐이었지만, 그것 역시 서윤이 사라져 버린 이유는 아닐 거라고 생각한다. 난 그 안에 서윤이 정말로 원하던 것을 넣어 주었으니까.

내가 USB 안에 넣은 것은 우리 별 어린이들이 배우는 기초 우주 과학 교과서를 한국어로 번역한 자료다. 우주의 생성 원리와 구성 물질, 생명체의 기원은 물론 별을 만드는 법부터 차원 이동 문을 생성하고 삭제하는 법까지 단원별로 알기 쉽게 설명되어 있다. 서윤이 그토록 알고 싶어 하던 우주에 대한 모든 비밀이 책 한 권에 전부 들어 있는 셈이다.

그러니 서윤은 분명 기뻐했을 것이다. 궁금해하던 걸 다 알았으니, 이제 그걸 알아내는 사람이 되고자 공부를 하지 않아도 되니까. 더는 등급에 목을 매고 시험 때문에 스트레스받을 일 없이, 하고 싶은 걸 하면서 홀가분하게 살 수 있을 테니까. 나와 같이 실컷 게임을 하면 더 좋고⋯⋯.

그런데 대체 왜 사라진 걸까.

나는 오늘도 〈월드 오브 에브리싱〉을 켠다. 지구 서버에 접속한 다음, 습관처럼 제일 먼저 친구 목록을 열어 본다. 서윤의 아이디 '가가린'은 여전히 목록에서 지워진 채다. 그래도 나는 게임을 계속 켜 둔다. 서윤이 어느 날 마음이 바뀌어 나와 다시 이야기하고 싶어질지도 모르니까.

서윤이 없는 게임이 재미없고 쓸쓸하다고 생각될 때마다, 나는 가장 부드러운 촉수로 모니터 옆에 놓아둔 크리스털 장식품을 만져 본다. 투명한 사각형 속에서 빛나는 푸른 행성. 그 안에서 서윤은 어떻게 지내고 있을까. 부디 잘 지내고 있기를. 그러다 언젠가는 거짓말처럼 다시 나타나기를.

지구를 눈높이로 들어 올려 빛에 비추어 본다. 그걸 받았을 때 그랬던 것처럼.

청소년 시절, 나는 게임에서 많은 것을 배웠다. 그 배움 중 가장 근사한 것을 꼽자면 '누군가와 가장 빠르게 친구가 되려면 좋아하는 것을 공유하면 된다'는 사실이다(게이머라면 "너도 그 게임해?"라는 한마디로 수많은 관계가 짠! 하며 시작되는 경험을 해 본 적이 있을 것이다).

나는 삼십 대 중반이 된 지금도 이 배움을 유용하게 써먹는 중이며, 이 글을 읽는 당신에게도 이것이 좋은 팁이 되길 바란다.

전애

여름밤의 초대장

『우리는 마이너스 2야』로 사계절문학상을, 『러브 피프틴』으로 교보문고*롯데컬처윅스 스포츠 테마 소설상을 수상했다. 소설을 읽다 멈추는 순간을 좋아한다. 그 순간을 붙잡아 긴 이야기를 쓴다.

좁은 골목에 낮은 다가구 주택들이 길게 이어져 있다. 초등학생 때 포켓몬 빵을 구하려고 이 동네 편의점에 온 기억이 났다. 아파트 후문을 나와 길을 건넜을 뿐인데, 풍경이 완전히 달랐다. 도미노를 세워 둔 것처럼 가까이 붙어 있는 건물들 속에서 집을 찾았다. 미소 빌라. 오늘부터 내가 살 곳이다.

빨간 벽돌로 지어진 낡은 건물 앞에 멈춰 섰다. 벽에는 가늘게 금이 가 있고 입구 유리문 손잡이의 금색 칠은 다 벗겨진 상태였다. 조심스레 문을 열고 천천히 계단을 올랐다. 낯선 집을 향해 걷는 내 발소리가 건물 전체에 울렸다.

비밀번호를 누르자 문이 열렸다. 엄마가 절대 버리고 갈 수 없다고 우겼던 가전제품들이 나보다 먼저 도착해 있었다. 양문형 냉장고와 일체형 빨래 건조기는 하루 만에 갑자기 덩치가 커진 것 같았다.

현관에 신발을 내팽개치듯 벗고 안으로 들어섰다. 열 걸음이면 어디든 가 닿을 수 있는 크기의 집. 아니, 집이라기보다 작은 창이 있는 방이라는 표현이 맞았다. 모든 것이 한눈에 보였다. 프레임 없이 바닥에 깔아 놓은 매트리스, 창문을 절반 가까이 가리고 있는 옷장, 책장을 떼어 낸 책상. 그리고 벽 귀퉁이에 종이 상자 다섯 개가 높게 쌓여 있었다. 봉인된 상자에는 '가족 앨범' '엄마 겨울옷' '아빠 서류' 등 네임 펜으로 휘갈겨 쓴 글씨가 적혀 있었다. 가족 없이 물건만 한데 모아 놓은 창고에 도착한 기분이 들었다. 하지만 곧 고개를 내저었다. 자취는 꿈꾸던 일이잖아.

휴대폰을 켜서 가장 중요한 것부터 확인했다. 다행히 와이파이는 잘 터졌다.

[놀러 와, 내 집으로.]

율무와 콩이 있는 단톡방에 집 주소를 보냈다. 그러자 둘은 축하한다며 이모티콘으로만 춤을 췄다.

[학원 언제 끝나?]

내 물음에 둘은 한참이나 대답이 없었다.

조금 전까지 우리 셋은 같이 있었다. 여름 방학식 날이라 수업이 일찍 끝나서 분식집에 갔다가 코인 노래방에 갔다.

카페에 들어가 달콤한 주스를 느긋하게 마시는데 율무와 콩이 갑자기 벌떡 일어났다. 학원 특강 첫날이라 앞자리를 맡아야 한다고 했다. 나는 잰걸음으로 둘을 학원 앞까지 데려다주고는 발걸음을 돌렸다.

지난달까지는 나도 그 학원에 다녔다. 다니는 동안 열심히 공부하지 않았다는 사실은 누구보다 내가 제일 잘 안다. 집으로 돌아오는 길, 나는 괜히 길가에 나뒹구는 돌멩이를 발로 뺑 찼다.

"파도가 오면 넘어가야지!"

엄마는 구호처럼 외쳤다. 그러다가도 나한테 이런 일이 일어날 줄은 몰랐다면서 울었다. 그 울음에서 나는 아빠가 채무자가 되었다는 사실을 알았다. 채무자란 빚을 진 사람이고, 그걸 평생 갚지 못하면 나쁜 채무자가 되어 사회생활이 어려워진다는 건 유튜브에서 보았다.

아빠는 긍정적이고 밝은 사람이었다. 하지만 아빠의 사업은 낙관대로 흘러가지 않았다. 집이 경매로 넘어가면서 우리는 살던 집에서 쫓겨났다. 나는 이런 일이 닥치면 가족이 모여 며칠이고 함께 울 줄 알았는데, 그건 드라마에나 나오는 연출이었다. 현실에서는 부부 싸움 끝에 극적인 화해 대신 싸늘한 침묵이 찾아왔다. 그리고 곧 각자의 위치로 돌아갔다.

나는 오늘 아침에도 평소와 같이 학교에 갔다. 엄마는 평소에 집안일을 도맡아 했던 것처럼 혼자서 이사를 끝냈다. 아빠는 지방으로 출장을 가는 사람처럼 어딘가로 훌쩍 떠났다. 이번에는 돈을 벌어 온다는 말 대신 돈을 구해 오겠다고 했다.

엄마에게 장문의 톡을 보냈다. 집에 잘 도착했고 생각보다 학교랑 가깝고 아늑하다고. 화장실 벽에 곰팡이가 피어서 냄새가 나고 창틀에 먼지가 까맣게 쌓여 있다는 말은 생략했다. 엄마는 이사를 끝내고 곧장 이모네 식당으로 내려갔다. 식당은 여기서 세 시간 정도 거리의, 정원과 호수와 돌담이 있는 소문난 맛집이다. 나는 졸업이 반년도 남지 않아서 살던 동네에 홀로 남았다.

카톡에서 1이 사라지기를 기다리며 식당에 있을 엄마를 상상해 보았다. 단정하게 머리를 묶고 레이스가 달린 하얀 앞치마 차림으로 친절하게 손님을 맞이하겠지. 그 모습은 제법 잘 어울렸다. 엄마는 가족보다 낯선 사람들이나 친구들 앞에서 더 기운이 넘치는 사람이니까.

엄마는 아빠와 있을 때보다 율무와 콩의 엄마들과 있을 때 훨씬 더 크게 웃는다. 셋은 산후조리원 동기다. 그곳 밥이 맛있어서 하루에 다섯 끼를 함께 먹으면서 친해졌다고 한다. 엄마들은 그때부터 우리를 '○○ 산모의 아기' 대신 곡식 이름으로 불렀다. 나중에 콩은 이름을 새로 지었지만, 나와 율무는 그것이 그대로 이름이 되었다. 보리는 내가 지은 이름은 아니지만, 마음에 든다.

엄마들은 서로 가까이 살면서 외동인 우리가 자매처럼 지내기를 원했다. 그래서 내가 기억하는 순간부터 율무와 콩은 늘 내 곁에 있었다. 우리는 많은 것을 함께 배우고 줄곧 같이 놀았는데, 아파트 단지를 벗어나는 일은 거의 없었다.

대단지 아파트에는 초중고등학교가 담벼락을 사이에 두고 붙어 있었다. 그래서 우리는 같은 반이 되지 않아도 신경 쓰지 않았다. 매일 등하교를 함께했으니까. 학교가 끝나면 아파트 단지 상가 건물에 있는 학원으로 이동했다. 마트와 도서관, 헬스장, 공원까지 모두 단지 안에 있었다. 여름에는 중앙 분수대에서 물이 뿜어져 나왔다. 겨울에는 경비 아저씨들이 나무마다 반짝이는 알전구를 달아 놓아서 아파트 전체가 궁전 같았다.

그런 생각에 잠겨 있는데 차 한 대가 배기음을 시끄럽게 울려댔다. 나는 기습이라도 당한 듯 자리에서 벌떡 일어나 창문을 열고 바깥을 내다보았다. 골목에는 불법 주차된 차들만 보였다. 굉장한 소음을 낸 차는 이미 지나가 버렸다. 그대로 문을 닫으려는데 바로 앞에 초등학생 셋이 걸어가는 모습이 보였다. 야! 나는 몸을 더 내밀어 아이들을 불렀다.

어디 가니?

놀이디요.

아파트 단지 안으로 가는 거야?

아니요, 공원 쪽으로 가서 놀려구요. 왜요?

나도 내가 왜 말을 걸고 있는지 모르겠다. 사람이 담벼락 가까이 지나가는 게 좋았나?

재미있게 놀다 와. 혹시 쪽 수 부족하면 언니 불러.

아이들은 저만치 뛰어가 버렸다. 그때 진동이 울렸다. 나는 다급히 휴대폰을 잡았다.

[우리 열 시에 끝난대. 바로 갈게.]

종일 같이 있었는데도 메시지를 보니 반가워서 눈물이 날 것 같았다. 나는 율무와 콩이 골목을 헤매다 내 집을 찾지 못할까 봐 캡처한 지도에 빨간색으로 동그라미까지 그려서 다시 보냈다.

선풍기를 틀어 놓아도 집이 더웠다. 냉동실 문을 열고 그 안에 머리통을 집어넣었다. 냉기가 느껴지는 냉동실 안에 아이스크림이 보였다. 한 번 녹았다가 다시 얼었는지 모양새가 예쁘지 않았다. 종이 포장을 조심스레 벗겨 냈다. 쓰레기통은 책상 가까이에 있었다. 두세 발자국이면 갈 수 있지만 귀찮았다. 휙, 하고 내던졌다. 쓰레기통 안으로 들어갈 줄 알았는데 바닥에 떨어졌다. 처음부터 일어나서 버릴걸. 다가가서 포장지를 주워 쓰레기통에 넣었다. 아이스크림이 묻은 포장지가 이번에는 쓰레기통 안쪽에 달라붙었다.

너는 쓰레기통, 나는 김보리. 엄마는 널 닦아 주겠지만 나는 그러기 싫거든. 쓰레기통을 닦는 건 말이 안 돼. 이제부터 우린 적응해야 해.

더러워진 쓰레기통에서 그만 눈길을 돌렸다.

현관에 내 신발만 덩그러니 있는 게 아무래도 이상했다. 신발장을 열어 엄마 아빠의 신발을 한 켤레씩 꺼내 놓았다. 신발들은 어딘가로 떠날 것 같기도 했고 막 도착한 것처럼 보이기도 했다. 신발들을 세로가 아닌, 기차처럼 가로로 맞닿게 늘어놓아 보았다. 그러자 어딘가로 함께 흘러가는 행렬처럼 보였다.

내가 자라는 동안 엄마 아빠는 나 때문에 어두운 놀이터와 큰 길과 낯선 사람을 두려워했다. 보리야, 조심해, 라는 말을 입에 달고 살았다. 우리 가족은 주말이면 역사 유적지나 박물관 같은, 주로 교과서와 연계된 곳으로 여행을 갔다. 아빠는 운전대를 잡고서 하늘을 바라보며 혹시 비가 오지는 않을지, 차가 밀리지는 않을지 늘 걱정했다. 엄마는 내가 많은 것을 기억하지 못할까 봐 전전긍긍했다.

나는 과거의 흔적과 오래전에 죽은 사람들에게는 그다지 관심이 가지 않았다. 만약 관심을 가지고 열심히 봤다면? 그러니까 내가 공부를 잘했다면 엄마와 아빠는 함께 울면서 이 상황을 이겨 냈을까? 아빠의 한쪽 구두 뒤축이 심하게 닳은 게 보였다. 나는 구두를 앞 칸에서 맨 뒤 칸으로 옮겼다.

밤이 되자 배가 고팠다. 이제부터는 뭐든 내가 차려서 먹어야 했다. 편의점에서 장을 봐 온 것들을 죄다 꺼냈다. 매운맛 과자, 버터 맛 과자, 손가락에 끼워 먹는 과자, 초콜릿 쿠키, 부드러운 샌드 쿠키까지 전부 뜯어서 상을 차렸다. 그리고 하나씩 돌아가면서 맛을 음미하며 먹었다. 노트북도 꺼냈다. 오늘은 마음껏 영화를 보다가 잠들어야지. 잔소리할 사람이 없으니까. 무언가 새롭게 시작되는 기분이었다.

즐겨 보던 드라마 한 편이 끝났다. 다음 편을 보려는데 조금 망설여졌다. 부모님 몰래 볼 때는 아쉽기만 했는데, 내일도 모레도 볼 수 있다고 생각하니까 흥미가 떨어졌다. 학원이 끝나면 바로 뛰어오겠다던 율무와 콩은 연락이 없었다. 수학 시험에 통과해야만 집에 갈 수 있다는 메시지를 받은 게 마지막이었다. 학원에 붙잡혀 있느라 오지 못하는 거겠지.

나는 우리가 예전에 나눈 톡을 읽었다. 콩은 내가 멀리 가지 않아서 천만다행이라고 했다. 율무는 멀리 간다고 한들 우리의 우정이 변할 리 없으니 상관없다고 말해 주었다.

셋의 단톡방을 보고 있는데 윗집에서 화장실 물소리가 들렸다. 이어 의자를 움직이는 소리도 났다. 쿵쿵. 덩치가 큰 남자일까? 천장을 올려다보았다. 끄억. 이번에는 트림 소리였다. 머리 위에서 소리가 계속 들려오자 신경이 곤두섰다. 방음이 전혀 되지 않는 집이라니. 나는 바닥에 엎드려 누워서 숨을 죽였다. 내 소리도 저렇게 다 들릴까? 우리 집은 203호다. 내가 누워 있는 이 방 아래에 103호 사람이 살고 있다.

타인의 내밀한 소리를 듣고 있으려니 마음이 자꾸만 뾰족해졌다. 전화벨이 크게 울렸다. 내 것은 아니었다. 여보세요. 젊은 여자의 목소리였다. 옆집 여자의 웃음소리가 지나치게 컸다. 나는 두 손으로 귀를 막았다.

몸을 일으켜 냉장고에 기대어 앉았다. 익숙한 물건이 주는 든든함과 편안함이 느껴졌다. 귀를 냉장고 가까이에 바짝 가져다 댔다. 그리고 옆집이나 천장 쪽이 아닌, 냉장고 소리에 집중하려고 노력했다.

꾸르륵. 냉장고가 신호를 보내왔다. 너도 배고프니? 꾸르륵. 텅 비어 있기는 해. 꾸르륵. 냉장고는 말이 많았다.

자려고 누우니 이번에는 창밖에서 고양이 울음소리가 들려왔다. 고양이들도 배가 고파서 우는 것 같았다. 나누어 줄 음식이 없는데. 나는 눈을 감았다. 고양이들을 작은 바구니에 넣고 밍크 담요를 덮어 주는 상상을 해 보았다. 한 마리, 두 마리, 세 마리…… 백 마리. 그러다 까무룩 잠이 들었다.

어떤 소리가 깊은 잠에서 나를 끌어냈다. 고른 숨소리였다. 엄마가 왔나? 그럴 리가. 꿈일 거야. 그러면 더 오래 꿔야지. 나는 눈을 감은 채 엄마에게 몸을 밀착시켰다. 따뜻하고 부드러운 감촉이 생생하게 느껴졌다. 엄마.

천천히 눈을 떴다. 잠에서 깨어났지만, 여전히 꿈을 꾸는 기분이었다. 내가 어디에 있는지 알 수 없었다. 내 방에는 반짝거리는 우주인 조명과 분홍색 옷장이 있는데. 벽에는 비투비 오빠들의 사진이 잔뜩 붙어 있는데. 눈이 어둠에 익숙해지면서 이사 온 집의 모습이 천천히 눈에 들어왔다. 잠들기 전, 눈을 감았다 뜨면 원래의 내 방으로 돌아갈 거라 믿었던 것 같다. 꿈이 아니라고 말해주는 낯선 풍경에 도로 눈을 감고 싶어졌다.

곁에서 엄마가 뒤척거렸다. 이불 속에서 다리를 길게 뻗더니 뭐라 중얼거렸다. 도무지 알아들을 수 없었다. 그런데 벽으로 돌아누워 자는 엄마의 모습이 조금 이상했다. 짧은 머리카락이 갑자기 길어질 순 없다. 몸매도 날씬해졌다. 엄마여야 하는데 엄마가 아닌 것 같다. 그럼 도대체 누구지? 나는 눈을 비볐다. 여전히 꿈속인가?

저기요. 목이 잠긴 탓에 소리가 크게 나오지 않았다. 헛기침한 뒤 다시 불러 보았다. 저기요! 등을 돌리고 있던 여자가 뭐라 대답했다. ……뭐라고요? 이번에도 알아들을 수 없었다. 여자는 먼 꿈결 속에서 답을 주는 것 같았다.

어둠 속에서 낯선 여자의 등을 노려보았다. 손을 뻗어 여자를 깨우려다 그만두었다. 함부로 만져서는 안 될 것 같았다. 일단 여자에게서 떨어지기 위해 이부자리에서 빠져나왔다. 생각을 좀 해 보자. 지갑이 가장 먼저 떠올랐다. 휴대폰 플래시 불빛에 의지해 지갑 안쪽을 자세히 들여다보았다. 돈은 그대로 있었다. 용돈이 아닌 생활비라서 안도의 한숨이 절로 나왔다. 엄마가 비상용으로 준 카드도 안전했다.

이번에는 휴대폰의 통화 목록과 메신저를 뒤져 보았다. 엄마는 밤 열두 시에 잘 자라고 답장을 보냈다. 식당 일이 바빠서 피곤하다는 말이 마지막이었다. 율무와 콩이 있는 단톡방은 조용했다. 시간은 새벽 다섯 시를 지나 있었다.

여자가 또다시 뭐라 중얼거리며 뒤척이더니 내 쪽으로 얼굴을 돌렸다. 나는 다가가 여자의 얼굴에 불빛을 가져다 댔다. 이십 대 중반쯤으로 보였으나 어쩌면 더 어리거나 많을 것 같기도 했다. 휴대폰 불빛을 마구 흔들어 보았다. 여자는 꿈쩍도 하지 않았다. 얼굴을 베개에 파묻고 제집처럼 잘도 자고 있었다.

내가 아는 사람인가? 이번에는 내 얼굴을 여자 쪽에 가까이 가져다 대 보았다. 술 냄새가 났다. 여자는 술에 취해 완전히 곯아떨어진 상태였다.

저기요! 크게 소리쳤다. 그러자 여자는 지쳐서 도저히 일어날 수 없는 사람처럼 힘없이 응, 했다. 그러고는 벽 쪽으로 다시 돌아누웠다. 이쪽 세상 따위에는 신경 쓰고 싶지 않다는 자세였다.

어떻게든 여자를 깨워 내보내야 했다. 어깨를 잡고 흔들어 볼까 생각했지만, 절대 몸을 만지고 싶지는 않았다. 쥐고 있는 휴대폰으로 벨 소리를 크게 울려도 괜찮을 것 같았다. 그래도 일어나지 않으면 물을 뿌리자. 생각할수록 여자를 깨우는 일이 쉽게 느껴졌다. 그래서 잠시 그 쉬운 일을 미루고 싶어졌다. 사실, 그보다는 더 이상 오줌을 참을 수 없었다.

불안했지만, 그렇다고 화장실 문을 열어 놓고 일을 보는 건 민망했다. 결국 문을 닫고 변기에 앉았다. 갑자기 똥도 마려웠다. 소리가 밖으로 들릴까 봐 걱정이 됐다. 바지를 다리에 걸친 채 엉거주춤한 상태로 일어나 세면대 레버를 올렸다. 물소리에 기대어 여유를 찾았다.

똥도 싸고 오줌도 싸고 나니 정신이 좀 맑아졌다. 당장 신고를 하자. 119에 하면 되나? 112인가? 통화 버튼을 누르려다 이런 생각에 미쳤다. 경찰이 오면 엄마에게 전화하겠지? 엄마까지 깨우고 싶지는 않은데. 이대로 율무나 콩네 집으로 갈까? 걔네도 놀라겠지. 나 때문에 소란해지는 상황을 만들고 싶지는 않았다.

일단 내가 여기를 조용히 빠져나가는 건 어떨까? 설마 여자가 저 무거운 냉장고랑 세탁기를 들고 가겠어? 우리 가족에게 중요한 상자들이 저 사람에게도 중요할 것 같지도 않고. 훔쳐 갈 게 없을 테니 노트북과 책가방만 챙겨서 나가자. 화장실 창문 너머를 보았다. 바깥은 어둑했다. 나는 얼마간 변기에 쭈그리고 앉아 있다가 화장실을 나왔다.

화장실에 들어간 지 얼마나 지났을까? 분명 아주 잠깐이었다.

그런데 그사이 여자는 사라지고 없었다. 도저히 믿기지 않았다. 여자가 덮었던 이불만 덩그러니 남아 있었다.

두 손바닥으로 얼굴을 세게 문지르고, 숨을 한 번 크게 들이쉬고는 방 안을 둘러보았다. 벽을 살펴보고, 바닥을 보고, 천장에 매달린 형광등을 올려다보았다. 분명 누군가가 들어왔다 나갔는데 그것을 확신할 수 없었다. 나가는 소리도 듣지 못했다. 아니, 들어오는 소리도 듣지 못했다.

무엇이든 해야 했다. 우선 불을 켰다. 환해진 방 안에 거짓말같이 나만 있었다. 책상에 있는 노트북 전원도 켰다. 익숙한 소리가 들려오자 현실감이 되살아나기 시작했다. 흩어져 있던 의식이 조금씩 돌아왔다. 그때, 현관 바닥에 떨어진 낯선 지갑이 보였다.

밖에서 본 것보다 훨씬 좋은데.

호기심에 찬 눈빛으로 방을 둘러보던 콩이 말했다.

넌 괜찮은 거지?

율무의 물음에 나는 고개를 끄덕였다. 밤사이 일어난 일을 율무와 콩에게 말했더니 둘은 아침도 먹지 않고 달려왔다.

미안해. 너를 혼자 두지 말았어야 했는데. 우리 집에 가자.

크게 도움 되는 말은 아니었지만, 고마웠다.

대학은 안 가면 그만이야.

갑자기?

콩의 말은 맥락이 없었다. 학원이고 뭐고 됐다면서도 학원 가방도 메고 왔다.

나 멀쩡해.

그 여자가 또 오면 어떡해?

콩은 울음을 터트릴 기세였다. 나는 콩의 어깨를 꽉 껴안아 주었다.

그러니까, 이 지갑을 떨어뜨리고 갔다고?

율무가 심각한 표정으로 물었다. 나는 살짝 겁먹은 표정으로 고개를 끄덕였다.

문이 잠겨 있는데 어떻게 들어왔지? 너 확실히 잠갔어?

문 닫으면 자동으로 닫혀. 분명 자기 전에 확인했어.

이 집, 안전 잠금 걸쇠가 없네.

율무가 문을 살피기 시작했다. 갑자기 콩이 눈을 가느다랗게 뜨고서 받아쳤다.

귀신 아니야?

귀신이 지갑을 떨어뜨리고 다니냐?

그러면 동네 미친년인가?

미쳤다고 해도 남의 집에는 못 들어오지. 무슨 수로?

율무가 따져 묻자 콩이 입술을 비죽 내밀었다.

일단 지갑을 열어 보자.

내 말에 둘은 내 쪽으로 다가와 앉았다. 남의 물건에 함부로 손대고 싶지 않지만, 먼저 내 집에 들어온 건 그 여자다.

우리는 머리를 맞대었다. 그러고는 지갑에 있는 것들을 하나씩 꺼내어 방바닥에 늘어놓았다. 검은색 반지갑에는 의외로 많은 것이 들어 있었다. 신분증, 현금, 카드, 영수증, 사진, 메모지들. 우리는 그것들을 수사 중인 경찰처럼 신중히 살폈다.

가장 확실한 증거품은 사진이었다. 인생 네 컷 사진관에서 찍은 커플 사진이었는데, 여자는 밝게 웃고 있었다. 반면 남자는 품위를 지키려는 듯 입가를 살짝 옆으로 당긴 채 반듯하게 서 있었다.

숨길 수가 없네. 분명 여자가 더 좋아해.

아니야, 남자도 사랑해.

콩과 율무가 서로를 바짝 끌어안으며 사진 속 그들을 흉내 냈다.

여자 이름은 김소민이야. 스물아홉 살. 우리보다 열 살 많네.

나는 신분증을 들여다보며 말했다. 그러자 콩이 늙은 여자네, 하고 답했다. 늙은 건 아니지. 율무가 정정했다.

근데 편의점 영수증이 왜 이렇게 많아?

율무는 스무 장의 영수증을 꺼내어 펼쳐 놓고는 날짜와 시간별로 정리한 뒤 아끼듯 들여다보았다. 그러고는 잠시 후 고개를 들었다.

김소민은 계속 같은 편의점에서 물건을 샀어. 바로 요 앞 편의점이야.

그러면 그 편의점에서 김소민을 기다리면 되겠네.

콩이 자리에서 벌떡 일어났다. 잔뜩 흥분한 얼굴이었다.

'여기서 추리를 끝낸다고? 이렇게 빨리?'

서운한 마음이 들었다. 잠깐만, 하고 둘을 붙잡았다.

지갑에 달랑 삼천 원밖에 없는, 스물아홉 살 먹은 여자가 분명 내 방에 들어왔다 나갔잖아. 잠긴 문을 통과해서. 우리끼리 좀 더 생각해 보면 안 돼?

나 배고파. 먹으면서 생각하자.

콩을 따라 율무도 일어났다. 할 수 없이 나도 뒤따랐다.

집에서 편의점까지는 딱 삼 분 걸렸다. 우리는 컵라면과 김밥과 과자를 사서 창가 자리 탁자에 일렬로 앉았다. 창밖을 보고 있다가 편의점 문에 달린 종이 울리면 동시에 뒤를 돌아다봤다. 들어온 사람이 이십 대 여자면 눈길을 떼지 않았다.

한 시간 정도 지났을까? 라면과 김밥을 먹었는데도 점점 기운이 빠졌다. 잠복 수사를 외치던 율무는 비문학 문제집을 풀기 시작했다. 콩과 나는 유튜브를 보았다. 콩은 버추얼 아이돌 영상을, 나는 초보 자취생이 반드시 알아야 할 상식을 알려 주는 영상을 시청했다.

어른이 되는 게 귀찮아.

내가 한숨을 내뱉자 콩이 바로 맞장구쳤다.

난 나를 책임지고 싶지가 않아. 졸업하고 이 동네를 떠난다고 생각하면 겁이 나. 대학교를 갈 게 아니라 다시 초등학교에 입학

하고 싶어.

학교를 뭐 하러 다시 다니냐? 어차피 꾸준히 공부 못할 텐데.

율무가 문제집을 탁 소리가 나게 덮었다.

네가 우리 중에 가장 비관적이야.

넌 우리 중에 가장 유아적이고.

율무와 콩은 장난스레 서로의 어깨를 쳐 댔다. 나는 그런 둘을 바라보며 자취를 하고 싶지 않다고 고백했다.

하루 만에?

둘은 동시에 외쳤다.

우리가 얼마나 좋아했는데 벌써 그래.

맞아. 김소민 때문에 네가 놀라서 그래.

나는 콩과 율무에게 어제 하루 동안 일어난 일을 전부 설명해야 했다. 차들은 좁은 골목을 지나면서 경적을 울린다. 위층 남자는 트림 소리가 지나치게 크다. 고양이들은 배가 고파서 밤새 운다. 냉장고도 조용하지 않다. 무엇보다 가장 큰 문제는 화장실에 핀 곰팡이다. 구글링해 보니 곰팡이는 사람도 죽일 수 있다고 한다. 그리고 정체불명의 김소민까지. 정말이지, 내 자취방에는 침입자가 너무 많았다.

보리야, 힘내. 우리에게는 '그 상자'가 있잖아.

콩이 말했다. 우리는 잠시 침묵했다.

아파트 단지 후문 가까이에 인적이 드문 놀이터가 있다. 고등학교 입학식 날, 우리는 아지트로 삼은 놀이터 화단에 술병 상자를 숨겼다. 소주부터 양주, 고량주까지. 다양한 모양과 색깔을 가진 술병들을 다이소에서 구매한 플라스틱 상자에 넣어 두었다. 뚜껑을 열지 않은 것부터 마시다 만 술까지. 죄다 집에서 훔쳐 온 것들이다.

그건 그냥 술병을 담은 상자가 아니다. 생각만으로도 기분이 좋아지는 모험 상자다. 화단 아래에 묻혀 있는 그 상자가 열리고, 상자 덕분에 우리가 어떻게 변할지 상상하면 신이 났다.

보리야, 곧 수능이잖아. 이제 상자를 열어야지.

율무가 내 어깨에 손을 턱, 하고 올리고는 입맛을 다셨다.

그 갈색 호리병 모양의 술이 무려 삼십만 원짜리야.

됐고, 파란색 병은 리미티드 에디션이야.

콩과 율무는 자신이 가져온 술이 얼마나 비싼지 자랑했다. 하지만 우리는 그 술들이 몇 모금 남아 있지 않다는 것을 안다.

만만한 것들.

내가 갑자기 취한 척 비틀거리자 둘은 신이 나서 웃었다. 상자 이야기를 할 때면 우리만의 비밀, 우리만의 농담, 우리만의 웃음에 먼저 취했다.

우리가 너무 시끄러웠던 모양이다. 푸른 조끼를 입은 알바생이 다가와 그만 나가 달라는 신호처럼 우리 쪽 테이블을 조용히 정리하기 시작했다. 우리는 웃다가 입가에 힘을 주었다. 그러고는 편의점을 나와 그대로 헤어졌다. 율무와 콩은 학원에 갔고, 나는 집으로 돌아왔다.

여름이지만 창문을 닫았다. 마음을 가라앉히고 인터넷 강의를 듣기 시작했다. 생활과 윤리 과목을 듣고 있는데 선생님이 도덕적 고려의 대상을 설명하는 부분에서 어젯밤 일이 다시 떠올랐다.

김소민이 오늘 밤에도 올까? 아예 지금 자고 일어나서 밤에 깨어 있을까? 차라리 지금이라도 신고를 할까? 지갑 때문에 오히려 내가 곤란해지면 어쩌지?

띠리릭.

1.5배속으로 말하는 강사의 입 모양을 보며 딴생각을 하던 중, 갑자기 도어 록이 열리는 소리가 났다. 나는 자리에서 벌떡 일어났다. 하지만 우리 집이 아니라 위층 소리였다. 의자에 도로 앉았다. 내가 꼭 김소민을 기다리다 실망한 사람 같았다. 다시 강의에 집중하려는데 이번에는 망치질 소리가 들려왔다.

집이 망했지 내가 망한 건 아니잖아. 공부 좀 합시다!

나는 결국 천장을 향해 소리쳤다.

다음 날도 그다음 날도, 나는 편의점에 갔다. 김소민을 만나기 위해서라기보다 집에만 있기 답답해서였다. 시원한 편의점에서 김밥을 먹으며 인터넷 강의를 듣거나 잠시 쉬다 오는 일이 하루 일과가 되었다.

일주일이 지나자 알바생이 나를 알은척했다. 우리는 고개를 숙여 인사를 나누었고 이후로는 서로에게 특별히 관심을 주지 않았다. 나는 손님이 많아지면 알아서 자리를 떴다.

편의점을 나올 때면 김소민과 스쳐 지나갔을까 봐 불안해져 괜히 동네를 몇 바퀴 맴돌았다. 파출소 앞에서 오래 서성인 적도 있었다. 맡겨 버리면 그만이라고 생각할수록 지갑을 포기하는 일이 쉽지 않았다. 이대로 지갑만 돌려주려니 억울한 마음이 들었다.

뉴스에서는 열대야로 사람들이 잠을 이루지 못한다는 내용이 연일 보도되었다. 나 역시 창문을 열고 선풍기를 틀어 놓아도 잠이 오지 않았다. 엄마가 그리웠지만 먼저 전화하지는 않았다. 연락이 없는 아빠를 매일 밤 걱정했다. 집은 갈수록 엉망이 되어 갔다. 이제 집 자체가 쓰레기통 같았다. 개수대에는 늘 설거짓거리가 한가득이었다. 계속 세탁기를 돌리지 않아 속옷이 부족했고, 양말은 어딘가에 숨어서 발효되는 중인 것 같았다. 쌓여 있는 빈 생수병과 컵라면 용기를 보면서 엄마가 청소를 대신해 주는 상상을 자주 했다.

김소민의 지갑을 발견한 지 20일이 지났을 때였다. 계속 뒤척이던 새벽, 나는 편의점을 떠올렸다. 낮에도 다녀왔기 때문에 생활비를 아껴야 했지만 에어컨 바람이 간절했다. 결국 일어나 옷을 챙겨 입었다.

집 밖으로 나오자 담벼락 근처에 있던 고양이들이 어둠 속에서 눈을 빛냈다. 고양이들도 더위에 잠을 이루지 못하고 있었던 게 분명했다. 안녕. 나는 늘 먼저 인사를 건넨다. 검은 고양이 한 마리가 꼬리를 꼿꼿이 세우고 도도하게 걸어가 버렸다. 친해지려고 노력하는 쪽은 언제나 나인 것 같아 속상했다. 골목을 나오다 뒤돌아보니 고양이가 담벼락 위에서 나를 쳐다보고 있었다.

편의점에 도착해 문을 연 순간, 곧장 시원함이 느껴졌다. 쾌적한 공간에 손님은 아무도 없고 내가 좋아하는 비투비 오빠들의 노래가 딱 맞춰 흘러나왔다. 나는 콘 대신 스틱형의 저렴한 아이스크림을 하나 골랐다. 계산할 때 알바생을 힐끗 보았다. 푸른색의 앞치마와 이름표는 낮에 본 알바생과 같았는데, 얼굴은 다른 사람이었다.

창가 자리에 앉아 문제집을 펼쳐 놓고 아이스크림을 아껴 먹었다. 밖이 어두워 창을 거울 삼아 볼 수 있었다. 계산대 의자에 앉아 있는 알바생은 머리가 길고 체형이 마른 이십 대 여자였다. 그는 휴대폰을 들여다보는 데 열중하느라 내게는 무관심했다.

창을 통해 알바생을 보던 나는 어느 순간 계산대 쪽으로 고개를 획 돌렸다. 지갑에 들어 있던 사진 속 얼굴이 분명했다. 뚫어지게 보는 내 시선을 의식했는지 그도 고개를 들어 나를 보았다. 눈이 마주쳤다. 이번에는 내가 먼저 피했다. 얼른 볼펜을 들고 문제를 풀기 시작했다. 하지만 영어 지문이 조금도 눈에 들어오지 않았다. 나는 문제집에 김소민, 하고 적었다. 그러고는 그 주위에 계속 동그라미를 그렸다. 이상하게 가슴이 뛰었다.

잠시 후, 김소민이 내 옆에 와 앉았다. 바짝 긴장한 나와 달리 김소민은 내게 별다른 반응을 보이지 않았다. 그저 탁자에 놓아 둔 컵라면이 익어 가기를 기다리며 휴대폰에 열중했다. 나는 김소민에게 말을 걸기 위해 뭐라고 말할지 속으로 몇 번이고 연습한 후 가까스로 입을 열었다.

혹시 지갑 잃어버리지 않으셨어요?

김소민이 나를 가만히 보았다. 기억을 더듬는 눈빛이었다.

그건 또 거기에 있니.

김소민은 놀라지 않았다. 다만 신경질적으로 나무젓가락을 단번에 쩍 하고 갈라 냈다.

뭐라고 말해야 할지 알 수 없었다. 그냥 있다고 대답하면 되는지, 아니면 좀 깐깐한 사람처럼 굴어야 할지 망설여졌다. 손을 바지 주머니에 넣었다. 장식 없는 검정 가죽 반지갑이 만져졌다. 챙길 필요도 없었다. 지갑은 추리닝 바지 주머니 속에 계속 들어 있었으니까.

다시 김소민을 보았다. 김소민은 컵라면 뚜껑을 벗겨 내고 면발에 열심히 입김을 불어 댔다. 그러고는 제법 많은 가닥을 한입에 넣었다. 먹는 모습이 평온해 보였다. 김소민이 입가를 우물거리며 나를 빤히 쳐다보았다. 그러더니 불쑥 손바닥을 내밀었다.

말도 없이 그저 달라는 식이었다.

지, 지금 없는데요. 만날 줄 몰라서…….

더듬거리다 그만 말끝을 흐렸다.

아무 때나 저기에 둬.

김소민은 고갯짓으로 계산대를 가리켰다. 김소민의 시큰둥한 반응에 나도 따라 고개를 끄덕였다. 그러자 김소민은 볼일이 다 끝난 사람처럼 다시 라면을 맛있게 먹었다. 이제 어떻게 해야 하지? 오히려 고민에 빠진 쪽은 나였다. 저기요, 하고 말을 꺼내려는 순간, 김소민은 휙 몸을 돌려 다른 곳으로 가 버렸다.

김소민은 상품 진열대 사이를 유유히 지나가다가, 잠시 사라졌다가, 코너를 돌아 나왔다. 그러고는 과자 종류가 진열된 중간 지점에 멈춰 서서 허리를 숙이고 뭔가를 열심히 들여다보았다. 천장에 달린 둥근 거울에 김소민의 모습이 비쳤다.

잠시 뒤, 김소민이 갑자기 돌아서더니 거울을 향해 손을 흔들었다. 나를 보며 웃기 시작했다. 눈언저리에서 장난기가 느껴지는 묘한 웃음이었다. 나는 괜히 주변을 두리번거렸다. 다시 거울을 보았을 때는 김소민의 모습이 보이지 않았다.

먹을래?

김소민은 내 어깨를 툭 치더니 초콜릿을 내밀었다. 난데없이 친근하게 구는 김소민을 나는 그저 멍하니 바라보았다.

겨울 되면 그 집 화장실 문 잘 안 닫혀. 그래도 여름에는 잘 닫히니까 걱정하지 마.

겨울에는 화장실 문을 닫을 때 힘주어 아귀를 맞추라고 조언한 김소민이 바나나 맛 우유에 빨대까지 꽂아서 내게 내밀었다.

먹어. 언니가 다 계산했어.

언니라고? 나는 얼결에 우유를 건네받았다.

근데 위층 남자는 괜찮니? 아주 시끄럽지.

김소민이 속삭였다. 그러고는 잠시 말을 멈췄다가 중요한 생각이 떠오른 사람처럼 갑자기 소리쳤다.

신발장에 스티커 붙어 있는 중국집, 거기 절대 시켜 먹지 마! 진짜 맛없어.

확실히 이상한 사람 같았다. 어딘가 좀 불안정하고 변덕스러운 것이, 정상이 아닐지도 모른다. 무엇보다 계속 반말이다. 당장 지갑을 줘 버리는 게 좋을 것 같았다.

너, 현관문 비밀번호 아직 안 바꿨더라.

김소민이 내 쪽으로 친근하게 몸을 기울이며 말했다. 나는 탁자를 보다, 창밖을 보다, 다시 탁자를 보았다. 이미 엄마가 잔소리한 내용이었다. 바꿔야지, 하면서 미루게 되는 일이 있다.

그런 건 바로바로 해야지.

김소민이 나를 타박했다.

근데 왜 계속 반말이세요? 저 아세요?

이대로 물러서고 싶지 않았다. 상황을 대충 알았으니 나도 할

66

말은 해야 했다. 지갑을 세게 쥐었다 놓았다 하며 계속 만지작거리고 있는데, 김소민이 갑자기 풀 죽은 목소리로 말했다.

술 마시면 죽겠다고 한강 다리에서 난리 치는 사람도 있고, 술 취해 성당에 미사를 드리러 가는 사람도 있어.

그러더니 말을 멈추고 잠깐 내 눈치를 살폈다.

그래서요?

생각과 다르게 냉랭한 말투가 튀어나왔다. 나는 얼른 우유를 마셨다.

과거에 살았던 집에 찾아가는 사람도 있다고.

김소민은 별일 아니라는 듯 가볍게 어깨를 움츠렸다 폈다. 그 뒤 시선을 옮겨 창밖을 보았다. 순식간에 표정이 달라졌다. 방금까지 보였던 쾌활함은 온데간데없이 사라지고 완전히 다른 얼굴이 되었다.

나는 그만 상황을 정리하고 싶었다. 궁금증도 풀렸으니 더는 전 집주인과 함께 있을 이유가 없었다. 솔직하게 말하고 지갑을 막 돌려주려는 순간이었다. 김소민이 내 볼펜을 가져가더니 문제집을 넘겼다. 여백이 나오자 잘 보라고 말하면서 선 두 개를 나란히 그었다. 선 끝에 집 모양을 그리고 까맣게 색칠을 한 다음, 다시 길을 그려 나갔다. 중간에 건널목과 신호등도 만들었다. 우리 집에서 시작되는 약도 같았다.

여기.

김소민이 네모를 그리더니 지금 우리가 있는 편의점이라며 천천히 빗금을 그었다. 편의점을 지나 계속 길을 그렸다. 우리는 머리를 맞대고 뻗어 나가는 길을 보았다. 김소민은 세 갈래의 좁은 골목을 만들고, 그중 가운데 길 끝에 집 하나를 더 그렸다. 그러고는 지붕에 색을 칠하며 말했다.

여기가 내 집이야. 가깝지?

김소민의 집과 내 집은 편의점을 가운데 놓고 삼각 구도에 있었다. 나는 고개를 끄덕였다. 하지만 약도를 보고 찾을 수 있을지는 의문이었다. 좁은 골목길을 사이에 두고 비슷한 크기의 다세대 주택들이 밀집해 있는 동네니까.

그리고 이건 문 비밀번호.

김소민이 내 앞으로 문제집을 밀었다.

내가 그 집에 가면, 넌 여기로 가면 돼.

어쩌자는 거지? 너무 황당했다.

이래야 공평하잖아.

제 집에 또 오시려고요?

내 입에서 생각지도 못한 말이 튀어나왔다. 김소민은 창밖을 보고, 탁자를 보고, 나를 보았다.

술을 마시다 보면 중요한 순간이 떠오르거든.

중요한 순간이요?

아, 그러니까, 막 기억나는, 그런 순간.

기억이요?

김소민은 나를 향해 웃으며 고개를 크게 끄덕였다.

그래도 이사 가셨잖아요?

떠나야 한다고 생각했으니까.

그런데요?

타임 루프라고 알지? 그 방이 내게는 그런 공간이야. 거기에 가면 과거를 다시 사는 기분이 들어. 돌아가고 싶은 간절한 순간이 있는데, 이제 그 사람은 여기에 없거든.

말을 끝낸 김소민은 푸른 앞치마 끈을 조여 매더니 계산대로 돌아갔다. 그러고는 다시 휴대폰을 보았다. 나는 괜히 문제집을 들여다보는 척하다 덮었다. 생각할수록 황당했다. 그런데 뭐라고 따져 물어야 할지 몰라 아랫입술만 깨물었다. 오지 말라고 해 봐야 도무지 소용없을 것 같았다. 일단 이 자리를 벗어나자.

그냥 나오려다 김소민을 향해 고개 숙여 인사를 했다. 밖으로 나와 뒤를 돌아보았다. 어둠 속에서 불을 환하게 밝히고 있는 편의점 속 김소민이 보였다. 김소민도 내 쪽을 보고 있었다. 알 수 없는 이상한 감정이 잠시 나를 붙잡았다. 나는 뒤돌아 걸음을 빨리했다.

간단한 조작으로 현관문 비밀번호를 바꿀 수 있었다. 비밀번호는 엄마와 아빠와 내가 태어난 연도를 합친 숫자였다. 다시 번호를 눌러 확인을 마치고서야 집 안으로 들어올 수 있었다.

자리에 누웠지만 잠이 오지 않았다. 유튜브 영상도 재미없었다. 어둠 속에서 현관을 향해 몸을 뒤척거렸다. 비밀번호를 바꾼 게 자꾸만 신경이 쓰였다. 벽 쪽으로 돌아누웠지만, 기분은 여전히 이상했다.

결국 자리에서 일어나 앉았다. 지갑을 돌려주지 않은 게 문제다. 불을 켜고 지갑에 들어 있던 사진 뒷면에 적힌 글을 다시 읽어 보았다.

너는 어디에 있니?

사진을 도로 지갑에 넣었다. 문제집을 펼쳐 김소민이 그려 준 약도를 보았다. 작정하고 가 보면 찾을 수 있을 법했다. 내일 우편함에 지갑을 넣고 오자.

그러고 나니 기분이 한결 나아졌지만, 여전히 잠은 오지 않았다. 잠이 오지 않으니 자꾸만 생각이 많아졌다. 다시 벌떡 일어나 한밤중에 싱크대 서랍을 열었다. 엄마가 바빠서 대충 쌓아 두고 간 접시들을 일렬로 맞추기 시작했다. 냄비 같은 집기들은 한쪽 칸에 쌓았다. 싱크대 아래 문짝 중 하나가 덜렁거렸다. 김소민이 수없이 여닫는 동안 나사가 풀린 모양이다. 신발장에 넣어 둔 아빠의 공구를 꺼내 와 경첩을 단단히 조였다.

갑자기 김소민의 말이 생각나 신발장을 살펴보았다. 정말로 둥근 모양의 중국집 스티커가 붙어 있었다. 김소민이 비뚤게 붙여놓아 글자들이 옆으로 기울어져 있는 스티커.

집 안의 다른 곳들도 샅샅이 살펴보았다. 벽면에 낙서라도 있을까 싶었지만 발견되지 않았다. 냉장고 옆에 식탁을 두고 의자두 개를 마주 놓았던 모양이다. 작고 동그란 모양의 형태가 장판에 남아 있었다. 자국을 오래 들여다보니 의자 위치를 맞춘 채 서로를 기다렸을 두 사람이 떠올랐다.

비밀번호를 바꾼 일이 마치 잘못처럼 느껴졌다. 약도에 적혀 있던 문 비밀번호는 이 집의 원래 비밀번호와 같았다. 김소민은 장소만 옮겼을 뿐 계속 같은 번호를 사용하고 있다. 의미 있는 번호일 게 분명하다. 연인과 처음 만난 날일까? 아니면 100일? 그의 생일? 첫 키스를 한 날인가? 추측해 보는 게 재미있었다. 하지만 계속 상상하다 보니 뭔가 불공평하다는 생각이 들었다. 나만 김소민의 번호를 알고 있다. 이대로는 잠이 올 것 같지 않았다.

밖으로 나가 비밀번호를 다시 김소민의 번호로 돌려놓았다. 천천히 그 번호를 누르고 문을 열었다. 안으로 들어서자 조명 아래에서 도는 공기가 기묘하게 느껴졌다. 방 한가운데 섰다. 이 공간에서 김소민은 무엇을 하며 지냈을까? 밤에 잠이 오지 않을 때는? 김소민의 모습을 떠올려 보려 했지만, 어떠한 것도 쉽게 상상이 가지 않았다.

개학 전날, 율무와 콩이 왔다. 둘은 과자를 끊임없이 먹었다. 먹다가 꼬깔콘 모양이 조금만 이상하게 비뚤어져 있어도 웃었다. 감자칩을 입안에 가득 넣고서 말을 하다가도 웃었다. 그 애들이 미친 듯이 먹고 웃는 건 충격이 큰 탓이었다.

우린 망했어. 전 재산을 날린 거나 마찬가지야.

율무가 우리 집에서 가장 더러운 쓰레기통을 껴안고서 말했다.

도둑을 찾아야 해.

콩이 쓰레기통을 빼앗아 술병처럼 높이 쳐들었다. 나는 얼른 쓰레기통을 저 멀리 놓았다.

이미 다 마시고 없을걸.

우리의 아지트인 놀이터가 사라져 버렸다. 땅을 갈아엎고 그 자리에 주차장을 만든다는 공고문이 붙었다. 콩과 율무는 방학 내내 학원에 처박혀 있느라 신경을 쓰지 못하다, 오늘 오전에 몽땅 파헤쳐진 화단을 보고서야 알았다.

상자에 우리 이름도 써 놨잖아.

너 굴착기 못 봤어? 그게 우리 보물을 뭉개 버린 거야.

과자가 다 떨어지자 콩과 율무는 본격적으로 속상해했다.

애초에 거기 둔 것부터 불안했어. 내 집으로 옮겨 올 생각을 왜 못 했지?

나는 손바닥으로 내 머리통을 연신 때렸다.

너, 더 멍청해지면 살기 어려워.

콩이 내 손을 잡았다. 그러고는 갑자기 생각났다는 듯 물었다.

맞다, 김소민.

율무도 눈빛을 반짝였다. 나는 둘의 얼굴을 보며 처음으로 거짓말을 했다.

지갑, 경찰서에 맡겼어.

뭔가 뒤끝이 깔끔하지 않은데.

율무가 말했다.

나는 보리 이해하기로 했어.

콩의 말에 뭐를, 하고 내가 물었다.

외롭고 심심해서 우리한테 거짓말한 거잖아.

나는 조용히 웃고 말았다. 그러고는 말을 돌렸다.

이 집은 해가 질 때 주방 창으로 들어오는 볕이 참 예뻐.

가느다란 빛줄기가 콩과 율무의 발끝에 닿아 있었다.

우리가 말이야, 술이 없어도 술을 마실 순 있잖아.

컵에 물을 따르며 말했다. 그러고는 원샷을 하고 캬, 소리를 냈다. 둘도 컵에 물을 채우고 건배를 했다. 율무는 잃어버린 술 이름을 외치며 마셨다.

우리는 마시고 또 마셨다. 콩이 취한 척 내 어깨에 기대어 노래를 불렀다. 없는 걸 상상하면서 마시다 보니 문득 이 집의 과거도 궁금해졌다.

몇 명이나 살다가 갔을까? 지은 지 삼십 년도 넘었다는데.

여기서 아이도 태어났을까?

죽은 사람도 있을 거야.

콩이 기운 없이 말했다. 잠시 후, 나는 콩을 놀래 주려고 기습적으로 어깨를 와락 껴안았다. 그러자 콩이 자리에서 일어나 마구 뛰었다.

안 돼, 콩아!

내가 소리쳤다. 이 아래는 누군가의 잠자리다. 그러니 아파트에서보다 더 살살 걸어야 한다.

그나저나 위층 남자는 어때?

율무가 물었다. 한번은 윗집 남자의 통화를 듣다가 그의 말에 나도 모르게 웃음을 터뜨린 적이 있다. 그날 이후 그를 덜 미워하게 되었다.

보리야, 문단속 잘하고 자.

어둑해지자 콩과 율무는 각자의 집으로 돌아갔다. 내일 아침이면 학교에서 만나겠지. 우리는 어느 대학교 무슨 과를 갈지 정하는 일을 더는 미룰 수 없었다. 성적에 맞춰 대학을 갈 것이고, 결국에는 동네를 떠나겠지.

엄마는 내 등록금을 버느라 이모네 식당에서 방학이 끝나도록 오지 못했다. 아빠는 우리가 함께 살 집을 어떻게든 구할 것이다. 나는 깨어 있는 새벽이면 상자에서 앨범을 꺼내어 보았다. 오래전 앨범에는 놀랍게도 지금의 나보다 더 어릴 때의 엄마 아빠가 있었다. 한참을 보고 있으면 내 엄마 아빠가 아니라 1973년생 이다경, 1971년생 김준호라는 사람을 보는 기분이 들었다.

뒤척거리다 새벽이 되어서야 깊은 잠에 들었다. 소리 없이 문이 열리더니 누군가가 신발을 내팽개치듯 벗어 던지고 방 안으로 들어왔다. 꿈인지 현실인지조차 분간하기 힘들었다. 그대로 누워 생생한 꿈을 꾸고 있다고 여기려 했다.

그런데 나도 모르게 자다가 곁을 더듬는 습관이 생겨서, 어둠 속에서도 옆에 누가 있다는 것을 확신할 수 있었다. 나는 내던지듯 잠에서 빠져나왔다. 이번에는 빠르게 감각을 찾을 수 있었다. 괜찮냐고 묻는 나에게 김소민은 귀찮다는 듯 두 손을 내저었다. 이번에도 술에 잔뜩 취해 있었다. 그는 내 이불을 자신의 머리끝까지 끌어올리고서 엷게 코를 골기 시작했다.

나는 조심스레 이불 밖으로 나와 벽에 머리를 기대고 앉았다. 이제 모르는 사람도 아니니 깨워서 함부로 쫓아낼 수도 없었다. 저기요. 조용히 불러 보았다. 김소민이 뭐라 대꾸를 해 주었다. 다시 부르자 이번에는 알 수 없는 잠꼬대를 늘어놓았다. 꿈속에서 누군가와 얘기를 나누는 듯했다. 행복한 꿈을 꾸는 모양이다.

휴대폰 벨 소리가 울렸다. 김소민의 가방이 현관에 버려지듯 떨어져 있었다. 다가가 얼른 가방에 손을 집어넣었다. 아무리 뒤적거려도 휴대폰은 쉽게 잡히지 않았다. 조심스레 바닥에 내용물을 쏟아 냈다. 그때, 벨 소리가 멈췄다.

휴대폰과 함께 사진 한 장이 딸려 나왔다. 현관 불빛이 꺼졌다. 손을 휘젓자 다시 불이 들어왔다. 김소민이 남자와 함께 찍은 사진이었다. 남자는 정면을 보고 있고, 그녀는 고개를 돌려 남자를 바라보고 있었다. 남자보다 김소민이 더 많이 웃고 있었다. 다시 불이 꺼졌다.

가방은 큼직한 부피에 비해 내용물이 적었다. 화장품이 담긴 작은 파우치와 휴대폰 그리고 사진이 전부였다. 지갑은 보이지 않았다. 투명한 지퍼 백에 오천오백 원과 카드 한 장이 들어 있었다. 지갑을 대신해 사용 중인 모양이다. 나는 김소민의 지갑을 가방에 넣어 주었다. 지갑이 주인을 만나기까지 오래 걸렸다.

문제집에 그려진 약도를 보고 김소민의 집을 찾아가려 했지만, 확신할 수 없어서 나가지 못했다. 나는 지갑 때문에 김소민의 방문을 기다렸던 걸까?

이제는 정말 김소민의 집으로 갈지 결정해야 했다. 가방을 정리해 현관 쪽에 바르게 세워 놓았다. 김소민이 함부로 벗어 놓은 구두도 밖을 향해 가지런히 정리했다. 그리고 김소민에게 가까이 다가갔다. 그는 편안한 얼굴로 잠들어 있었다. 누군가의 잠든 표정을 바라보고 있으니 기분이 이상했다. 어디선가 따뜻한 긴장감이 전해져 왔다.

순간, 낮은 소리로 김소민에게 많은 말을 전하고 싶어졌다. 하루도 쉬지 않고 일했는데 돈을 다 잃어버린 아빠 이야기를, 목소리에서 점점 기운이 빠져 가는 엄마 이야기를, 우리가 애써 모은 술병 상자를 말없이 들고 가 버린 사람들에 대해. 그리고 누군가가 그리워서 계속 찾아오는 당신을, 나는 언젠가 알고 싶다고.

그러나 어떤 말도 할 수 없었다. 방 안 가득 김소민의 고른 숨소리가 이어졌다. 김소민의 기억을 위해 자리를 비워 주어야 했다. 나는 김소민이 준 약도를 초대장처럼 손에 쥐었다.

누군가를 환대할 수 있는 이야기를 상상했습니다. 보리의 마음만큼은 절대 가난해지지 않기를 바랐거든요. 보리는 줄곧 대단지 아파트에서만 살아오다 아빠의 사업 실패로 낡고 좁은 단칸방으로 이사를 하게 됩니다. 좋은 상황은 아니지만, 좋지 않은 상황도 아닙니다. 그토록 바라던 자취 생활이 시작되었으니까요.

보리는 집이 망했지 내가 망한 건 아니니까, 하고 고3 여름 방학을 씩씩하게 보내려고 노력합니다. 그러다 김소민이라는 뜻밖의 손님을 맞이하죠. 초대한 적 없는 이상한 손님을.

불행은 예고 없이 찾아옵니다. 우리는 불행을 맞이할 준비가 되어 있지 않아서 힘든 걸까요, 아니면 불행이 한꺼번에 몰려와 감당할 수 없어 힘든 걸까요? 누군가는 주저앉아서 울겠지요. 괴로움에 여러 밤을 꼴딱 새우기도 하고요. 친구를 만나 다친 마음을 털어놓을 수 있다면 다행입니다. 익명 게시판에 내 심정과 기분을 길게 남길 수도 있겠네요. 중요한 점은, 우리는 어떻게든 그 시간을 통과해야만 한다는 것입니다.

저 역시 스무 살 여름에 보리처럼 힘들었습니다. 좁은 집으로 이사를 갔는데, 당시 사귀고 있던 남자 친구에게 제 상황을 자세히 설명하기 싫어서 그냥 헤어지자고 했죠. 더는 아무 생각 없이 대학교를 다니면 안 된다는 것도 깨달았습니다. 학교를 계속 다니려면 공부해서 장학금을 받거나 아르바이트를 해야 했으니까요. 뜨거웠던 그 여름, 제 안에서 무언가는 끝이 났고, 또 무언가는 새롭게 시작되었습니다.

보리가 이사한 방에서 보내는 시간이 인생의 한 구간에 불과하다는 것을 이제는 압니다. 그래서 초대장을 손에 쥔 보리가 어디로 나아갈지 궁금합니다. 이렇게, 어떤 소설은 끝이 났는데도 다시 시작되는 기분이 들기도 합니다.

힘든 상황을 환대하기란 분명 어려운 일입니다. 하지만 반갑지 않더라도 자신만의 방식으로 맞이해야 합니다. 뜨거운 여름이 지나면, 우리는 달라질 것이니까요.

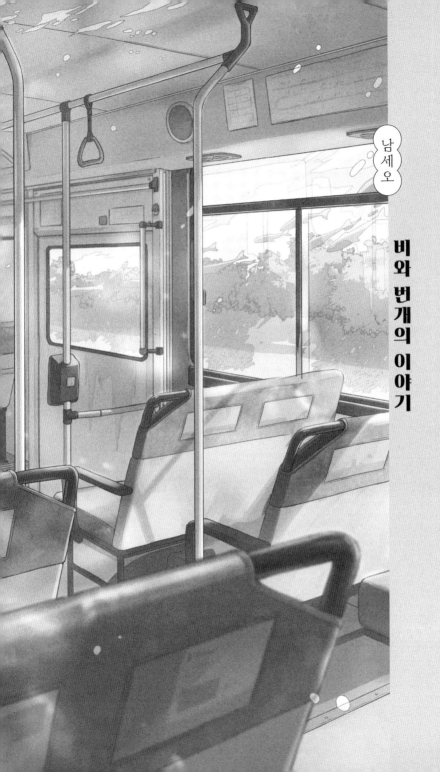

남세오

비와 번개의 이야기

남
세
오

평범한 연구원으로 살아가던 어느 날 문득 글을 쓰게 되었다. 온라인 플랫폼 브릿G와 환상문학웹
진 거울에서 '노말시티'라는 필명으로 활동하고 있다.
SF 소설집 『중력의 노래를 들어라』와 청소년 SF 소설 『너와 함께한 시간』『너와 내가 다른 점은』
『기억 삭제, 하시겠습니까?』를 출간했다.

　고3은 사람이 아니다. 100일 동안 동굴 안에서 쑥과 마늘을 먹고 버텨야 사람이 되는 곰처럼, 아무 생각 없이 묵묵히 여기저기 끌려다니며 공부해야 대학교에 갈 수 있다. 그래야 겨우 사람처럼 살 수 있다고, 어른들은 말한다.

　이 년 전쯤에는 대학교 같은 거 안 나와도 멋지게 사는 사람이 많다고 생각했다. 하지만 나처럼 어떤 삶을 살아갈지 아직 확신이 없는 사람, 좋게 말하면 살아 보고 싶은 삶이 너무나 많은 사람은 대학교에 갈 수밖에 없다는 결론을 내린 뒤에는 나 역시 곰의 운명을 받아들였다.

　그래도 억울하다. 곰도 100일이면 사람이 된다. 그런데 사람이 사람다운 사람이 되기 위해 삼 년이나 죽은 척하며 지내야 한다니. 솔직히 너무하다. 방학이 없었다면 버티지 못했을 것이다.

방학. 고3에게 방학은 딱 일주일이다. 정확하게는 5일이다. 주말에 나가는 학원은 절대 빠질 수 없으니까. 8월 첫째 주 월요일부터 금요일까지가 학교도 학원도 가지 않고 한숨 돌리며 쉴 수 있는 유일한 기회다.

그 5일을 기다리며 반년을 버텼다. 네모난 교실과 책상을 떠나 탁 트인 세상에서 크게 숨을 들이마시고 싶었다. 이왕이면 바다가 좋겠다고 생각했다. 소금기를 품은 바람이 콧속을 간질이고 눈이 부시도록 쨍쨍한 햇살이 모래 위에서 반짝이는 상상을 했다. 바다에 몸을 담그면 치유 마법진에 들어간 것처럼 바닥난 체력이 다시 쭈욱— 차오를 것 같았다.

"중국 남부 지역을 향해 북상하던 태풍이 대륙에 상륙한 뒤 열대성 고기압으로 바뀌며 한반도 북쪽에 머물던 차가운 고기압과 만나, 전례 없이 강한 장마 전선을 형성할 것으로 예상됩니다. 월요일부터는 전국에 천둥과 번개를 동반한 폭우가 쏟아질 예정이니, 외출을 삼가시고 홍수 대비에 만전을 기해 주시기 바랍니다. 이번 장마는 일주일 내내 계속되다 토요일쯤 그칠 것으로 전망되고 있습니다."

해가 저물어 가는 일요일의 하늘 저쪽에서 벌써 검은 구름이 오크 군단처럼 몰려오고 있었다. 일기 예보 앱을 몇 번이나 확인해 봐도 내일은 100퍼센트 비가 온다. 그것도 폭우. 올해 7월은 유난히 날씨가 좋았다. 그런데 왜 하필 딱 방학 기간에 맞춰 비가 쏟아지는 걸까.

분식집에서 떡볶이를 먹으며 예보를 듣고 있던 차주혁이 넋 나간 듯 중얼거렸다.

"장마 전선은 정체 전선이었지. 온난 전선, 한랭 전선, 정체 전선. 나머지 하나가 뭐더라? 한 개 더 있었는데."

"넌 지금 이 상황에서 지구 과학 생각이 나냐? 우리 여행 계획이 다 틀어지게 생겼는데?"

"아니, 갑자기 생각이 안 나니까 그렇지. 뭐였더라. 너 몰라?"

"폐색 전선! 야, 차주혁, 헛소리하지 말고. 내일 어떻게 할 거야?"

"맞다! 폐색 전선. 넓은 지역에서 비가 내리는 게 특징이지. 그에 비해 정체 전선은……."

짝! 주혁의 눈앞에서 손바닥을 마주쳤다. 이해한다. 주혁도 지금 제정신이 아니겠지. 이번 여행을 나보다 더 기대하면서 열심히 준비한 애가 바로 차주혁이니까.

"정신 차리라고. 내일 어떻게 할 거냐고."

"어떻게 하긴, 망한 거지. 엄마가 절대 안 된대. 원래도 겨우 허락받은 거였는데. 그냥 피시방이나 가자. 밤새도록 게임이나 하지, 뭐. 룬테라로 떠나는 거야. 탐욕과 배신이 넘치고 서로 부모님의 안부를 묻는 세계. 오랜만에 트롤 짓이나 실컷 해야겠다. 큭큭큭."

그럴 줄 알았다. 차주혁은 포기도 빠르고 적응도 빠르다. 하지만 나는 정반대다. 여름 방학 때 주혁과 여행을 떠나기로 결심하는 데에도 한참이 걸렸다. 이야기를 꺼내자마자 일사천리로 준비가 끝난 건 역시 주혁 덕분이다. 그러니 포기하는 데에도 오래 걸리겠지. 그러나 적어도 지금은 절대 포기할 수 없다.

"싫어! 야, 우리가 얼마나 열심히 준비했냐. 내일만 기다리면서 꾸역꾸역 버텼잖아. 난 포기 못 해. 내일 출발한다, 우리."

항상 이런 식이다. 내가 아이디어를 획 던지고 나서 뭉그적거리면 주혁이 후다닥 계획을 세운다. 그리고 정작 실행을 앞두고는 주혁이 뭉그적거리고 내가 앞장서서 끌고 간다. 이번에도 그러면 된다.

"너야말로 정신 차려, 한유진. 그냥 비도 아니고 폭우라잖아. 이십 년 만에 찾아오는 역대급 폭우. 일주일 내내, 천둥과 번개를 동반한. 계곡 주변에서는 급류를 조심하고 해안 지방은 해일에 대비하라는 뉴스 못 봤어? 다 끝났어. 바다고 산이고 다 끝났다고."

그동안 내가 밀어붙인 일이라고는 유명한 맛집에 찾아갔다가 줄이 길다고 도망치려 하는 주혁을 붙잡아 둔다든가, 어떤 문제집을 살지 다 정해 놓고 정작 서점에 가면 다시 고민하는 녀석의 등짝을 때려 준다든가, 학원을 빼먹고 영화 보러 가자고 표까지 예매해 놓고 삼십 분 전에 귀찮다고 예매를 취소하려고 해서 폰을 빼앗아 영화관으로 달려간 것 정도이기는 하다. 과연 이번 여행도 그런 식으로 할 수 있을까? 솔직히 자신은 없다.

주혁이 계속 투덜댔다.

"다 됐고, 부모님이 안 된다잖아. 그럼 게임 끝난 거지."

부모님께 이번 여행을 허락받는 일은 쉽지 않았다. 반년만 더 기다려서 수능 끝나고 마음껏 놀러 가라는 말을 몇 번이고 들었다. 그래도 난 이번에 꼭 떠나야 했다. 안 그러면 숨이 막혀 죽을 것 같았다.

일단 결심하고 나니 이 여행이 나의 운명처럼 느껴졌다. 이건 내 인생의 갈림길이다. 스스로 삶을 개척하느냐, 아니면 영원히 목줄에 묶여 끌려다니느냐가 걸린 문제다. 장마? 폭우? 이건 내 의지를 시험하기 위한 운명의 장난이다. 여기서 질 수 없다. 무조건 떠난다!

"부모님이 허락 안 해 주면 가출하지, 뭐."

"가출 좋아하네. 야, 어차피 못 가. 그리고 이번 방학은 나한테도 중요하거든? 괜히 고집부리다가 엄마한테 혼나고 꿀꿀한 마음으로 방학을 보내고 싶지 않단 말야. 차라리 게임이라도 실컷 하는 게 낫지."

"아직 기차표 취소 안 했지?"

"아, 맞다. 취소하는 걸 깜박했네. 괜찮아. 출발 세 시간 전에만 하면 수수료 없어."

"그 표 취소하기만 해 봐. 너 안 가면 나 혼자라도 간다. 무조건."

"숙소는 벌써 취소했는데."

"설마 잘 데가 없겠냐. 일기 예보 때문에 사람들이 다 취소해서

빈방이 넘쳐 날걸."

"너 진짜 진심이야? 혹시 아직도 일기 예보가 틀릴 수도 있다고 생각하는 거야? 구름이 저렇게 몰려오고 있는데?"

"비가 오든 안 오든, 천둥이 치든 말든 무조건 간다니까."

"난 못 가. 이번에는 절대 못 가."

"알아서 해. 난 갈 거니까."

솔직히 허세였다. 부모님께는 말하지 못했다. 두 분은 당연히 여행을 취소했다고 알고 계셔서, 학원을 마치고 돌아온 나를 위로 하며 대신 방학 동안 하고 싶은 일 다 하면서 마음껏 쉬라고 하셨다. 공부의 공 자도 꺼내지 않겠다는 말을 몇 번이나 반복하면서.

"어떻게 보면 하늘이 도운 거야. 너 푹 쉬고 체력 보충해서 다시 공부, 아니, 좋은 대학교 가라고."

뜬금없이 부산으로 여행을 떠나겠다는 내 말에 부모님은 온갖 핑계를 대며 반대했다. 너무 피곤하지 않겠냐, 혹시라도 다치면 어떡하냐, 요즘 세상이 그렇게 험하다더라 등등. 끝까지 고집을 부려서 겨우 2박 3일간의 여행을 허락받았다. 다녀온 뒤 적어도 이틀은 쉬어야 일상으로, 그러니까 학교와 학원 쳇바퀴로 수월하게 복귀할 수 있다는 이유였다. 그것만큼은 부모님도 양보하지 않았다. 심지어 마지못해 승낙하면서도 부모님은 영 불안한 표정이었다. 그러니 갑자기 찾아온 장마 소식이 얼마나 반가웠을까.

"점을 봤는데, 네가 올해에 물하고 상극이라더라. 그런데 바다에 가겠다니. 지금 보니까 점괘가 용하긴 용해. 어떻게 딱 알았을까? 이렇게 비가 쏟아질걸. 기상청보다 훨씬 나아. 그렇지, 여보?"

"비 얘기는 하지도 않았구만. 그 물, 틀림없이 바다라며."

"당신은 또 쓸데없는 말을. 하여튼, 잘된 거야. 좋게 생각해."

창문 밖으로는 벌써 비가 쏟아지고 있었다. 아무 말도 못 하고 간식만 꾸역꾸역 삼키다가 들어와 침대에 누웠다. 창문을 열어놓았나 싶을 정도로 우렁찬 빗소리에 잠을 이루기 힘들었다.

그때 번쩍, 하고 방 안이 밝아졌다. 번개다. 번개까지 치나 보다. 번개는 전하의 흐름이니까 전기인데, 포켓몬스터에서 전기 타입은 물 타입을 이기는 거 아니었나. 그럼 난 물하고 상극이니까 전기인 건가, 저 번개처럼. 갑자기 가슴이 두근댔다. 우르릉, 쾅! 천둥소리를 들으며 나는 침대에서 벌떡 일어났다.

문제집을 쏟아 낸 가방에 휴대폰 충전기와 보조 배터리, 얼마 전에 산 블루투스 헤드폰까지 넣고 나니 더 챙길 게 없었다. 용돈카드에 잔액이 얼마나 남았더라. 확인하려면 앱을 설치해야 하는데 인증이 필요하다고 해 포기했다. 3일 동안 굶지 않을 정도는 되지 싶었다. 그래도 혹시 몰라서 몰래 냉장고와 찬장을 뒤져 생수와 과자를 가방에 쓸어 담았다.

삐리릭. 등 뒤로 들리는 현관문 닫히는 소리에 가슴이 철렁 내려앉았다. 엘리베이터도 기다리지 못하고 서둘러 계단으로 뛰어

내려왔다. 아파트 1층 현관을 빠져나와 겨우 숨을 돌리는 순간, 엄청난 빗소리가 들렸다.

상상했던 것 이상으로 비가 쏟아지고 있었다. 정확히는, 상상할 수조차 없는 비였다. 이렇게 쏟아져도 하늘에 물이 남아 있을까. 어떻게 땅이 당장 물에 잠기지 않는 거지? 눈앞에 보이는 새벽하늘에는 공기보다 물이 많아 보였다. 물론 그럴 리는 없겠지만.

한 시간 동안 내린 비의 강우량이 100밀리리터일 때 공기 중 물의 비율을 구하시오. 비를 내리는 적란운은 구름 중 가장 낮은 위치에 있으니까, 먼저 땅까지의 거리를 2킬로미터라고 가정하고 물방울이 지상까지 떨어지는 데 걸리는 시간을 중력 가속도를 이용해 구해야겠지. 그럼 그 시간 동안 2킬로미터 상공까지의 공기 중에 있던 물이 땅 위에 쌓여 압축되겠지. 그리고 그게 한 시간 동안 쌓여야 겨우 100밀리리터가 되는 거니까 계산해 보면…… 물의 비율은 공기보다 많기는커녕 백만 분의 일도 안 되겠다. 이거, 어쩌면 수능에 나올 수도 있지 않을까?

그런 생각을 하며 잠시 멍하게 서 있다가 우산을 폈다. 어쩌면 나는 마지막 고민을 하고 있었는지도 모르겠다. 장우산의 살이 활짝 펴지는 것과 동시에 그 고민은 사라졌다. 놀라울 정도로 마음이 가벼웠다. 바람에 실려 우산과 함께 공중으로 둥둥 날아오를 것만 같았다. 나는 크게 심호흡을 한 뒤, 폭포처럼 쏟아지는 빗속으로 몸을 던졌다.

몇 걸음 가기도 전에 양말은 물론 바지까지 흠뻑 젖어 버렸다. 밑단부터 물이 점점 올라오는 바지가 꼭 크로마토그래피 같다. 모세관 현상이 원인이다. 물질마다 빨려 올라오는 속도가 다르니 비에 섞여 있던 물질들은 내 바지 위에서 서로 분리되고 있을 거다.

축축해진 바지를 끌며 물웅덩이를 헤쳐 나가고 있자니 늪지대를 걷는 용사가 된 기분이 들었다. 새로 열린 고레벨 지역에 들어선 것처럼 가슴이 뛰었다. 빗물을 튀기며 달리는 자동차는 거대한 몬스터고, 우뚝 솟은 아파트는 마법사의 탑이고, 지하로 내려가는 계단은 던전 입구다. 매일 걷던 길인데도 폭우 속에 잠기자 전혀 다른 세상처럼 보였다. 눈에 띄지 않는 기둥 뒤편에 보물 상자가 숨겨져 있을 것만 같았다.

지금쯤 부모님이 내가 사라진 걸 알아채셨을까. 지하철역에 도착해서야 바지 주머니에 넣어 둔 휴대폰을 꺼내 보았다. 걸려 온 전화는 없었다.

주머니 속까지 젖어 버렸다는 걸 그때 알았다. 황급히 휴대폰에 묻은 빗물을 닦아 내고 잠옷 바지에 둘둘 말아 가방 깊숙이 밀어 넣었다. 휴대폰이 젖으면 큰일이다. 방수 기능이 있다지만 아무래도 불안하다. 아무도 없는 곳으로 떠나고 싶지만 휴대폰이 터지지 않는 상태로 가고 싶지는 않다. 기차표가 휴대폰 앱에 있으니 고장 나면 띠닐 수도 없디. 젓은 옷은 말리면 된다 한동아읏 눅눅해진 옷이 몸에 달라붙은 상태로 다녀야겠지만. 그리고 몸에 묻은 물은 닦으면 된다.

생각해 보니 몸에는 비를 맞아도 된다. 지금 날씨로는 비를 맞는다고 감기에 걸릴 것 같지 않다. 사람들은 온갖 물건으로 몸을 감싸고 비를 피하려 하는데 정작 비에 가장 강한 건 몸이라는 사실이 재밌다. 그걸 이제야 깨달은 것도 신기하다.

지하철역으로 들어온 뒤에도 여전히 몸과 우산에서 물이 뚝뚝 떨어졌다. 지하철역 안으로도 비가 들이친다면 굳이 바닥을 닦을 필요가 없을 텐데. 역 안에는 전자 기기가 많을 테니 문제이긴 하겠다. 일단 지하철부터 전기가 없으면 다닐 수가 없고, 물과 전기는 상극이니까. 올해에 내가 물과 상극이라고 했던가. 원래 점괘는 해석하기 나름이다. 난 물을 이기는 전기다, 피카츄처럼. 피식 웃음이 났다.

서울역까지 가는 동안 계속 피식거렸다. 별것이 다 웃겼다. 의자가 젖을까 봐 앉지도 못하고 가만히 서서 검은 유리창을 바라보며 생각만 하고 있는데도 웃겼다. 마치 잔뜩 부풀어서 살짝만 건드려도 터지는 풍선이 된 것 같았다.

웃음은 에스컬레이터를 타고 부산행 열차가 도착하는 4번 플랫폼에 발이 닿았을 때 딱 멈췄다. 눈앞에 차주혁이 서 있었다. 비옷을 입은 채였다.

"내가 너 그 꼴로 나타날 줄 알았어. 비가 이렇게 오는데 꼴랑 우산 하나로 될 거 같냐?"

"하나 아냐. 가방에 한 개 더 있어."

"장난해? 자, 받아. 난 이따 이거 벗고 기차 타면 되는데 넌 입고 타야겠다, 의자 안 적시려면."

주혁이 비옷을 내밀었다. 주혁의 것은 반투명한 파란색인데 내 건 병아리처럼 노란색이었다.

"비옷까지 주문했어? 비가 올 줄 어떻게 알고?"

"부산에서 워터 밤 축제를 하더라고. 가게 될지도 모르니까."

"별걸 다 조사했다. 진짜 가고 싶었나 보네."

"가고 싶었지. 지금은 가기 싫지만."

그런데 왜 왔느냐고는 묻지 않았다. 물어보면 안 될 것 같았다.

"근데 내 건 왜 노란색이야?"

"색상은 랜덤이었어, 최저가로 주문하다 보니. 상관없잖아? 비옷이니까 비만 막으면 되지."

맞는 말이다. 비옷은 비만 막으면 된다. 게다가 폭우가 쏟아지는데 여행을 가겠다고 부모님 몰래 집을 뛰쳐나와 비를 쫄딱 맞은 시점에서 난 이미 이상한 사람이다. 폭우 속에서 노란색 비옷을 입고 다닌다고 해서 더 이상해 보일 것 같지는 않다.

옷에서 물기를 최대한 짜낸 뒤 비옷을 입었다. 진짜 병아리 같았다. 또 피식 웃음이 나왔다. 주혁이 어이없어 하며 말했다.

"혹시나 해서 말하는데, 이제라도 표 취소할 수 있어. 출발 전에는 수수료 5퍼센트만 내면 돼."

"취소 안 할 건데."

"비가 너무 많이 오면 고속 열차도 운행 중지될 수 있대. 토사가 쓸려 나가서 선로가 유실될 위험이 있다나."

"넌 가기 싫으면 안 가도 돼."

"부산에도 피시방은 있겠지? 피시방에서 부산 어묵 팔려나?"

"왜 이렇게 피시방 타령이야, 브론즈 주제에."

"야, 내가 학원 때문에 잠깐 끊어서 그렇지, 맘만 먹으면 플래티넘은 금방이야."

"플래티넘 좋아하네. 너 실버 가 본 적은 있냐?"

"어차피 할 시간도 없는데 실버는 찍어서 뭐 하냐? 일부러 안 한 거야. 그까짓 거 상성도, 전략도 뻔해. 손가락만 잘 움직이면 되는 거잖아. 오히려 브론즈가 이런저런 빌드 테스트 해 보기에는 더 좋아."

"아, 또 입으로 게임하지. 그거 기억난다. 네가 그 많은 챔피언 스킬이랑 상성까지 다 외우고 다녀서 게임 좀 하나 싶었더니, 계정도 없었던 거. 결국 내가 끌고 가서 가입시키고 몇 판 돌아 주다가 진짜 깜짝 놀랐잖아. 어떻게 좌 클릭, 우 클릭 구분하는 데 두 시간이 걸리냐. 네 손에 달린 그 길쭉한 게 손가락이 맞나 싶었다니까. 하여튼, 넌 나중에 운전하지 마라. 브레이크하고 엑셀 헷갈려서 앞차 들이박기 딱 좋겠더라."

"그래, 안 배울 테니까 네가 빨리 면허 따서 나 좀 태우고 다녀

라. 내비는 내가 찍어 줄게."

시시껄렁한 이야기를 하는 사이 기차가 도착했다. 진짜로 떠난다. 주혁은 제자리에 가만히 서서 나를 보고 있었다. 지금이라도 내가 포기하기를 바라겠지. 어쩌면 나를 데리고 집으로 돌아가는 길에 들를 맛집을 미리 조사해 놓았을지도 모른다. 이 주변에서 가장 싼 피시방을 알아 놓았을 수도 있다.

하지만 그럴 수 없다. 옷이 젖지 않았다면 한 번 더 고민했을지도 모르지만, 비에 흠뻑 젖는 순간 이미 퇴로는 끊어졌다. 나는 힘차게 기차에 올라섰다. 차주혁이 뒤따라오며 소리쳤다.

"가자! 룬테라로! 부산 어묵의 세계로!"

어쩌면 날 쫓아다니며 부끄럽게 만들어 다시 돌아가는 게 주혁의 계획일지도 모르겠다.

비는 계속 쏟아졌다. 폭우로 인해 기차가 서행하니 양해 부탁드린다는 기관사의 안내 방송이 십 분마다 한 번씩 흘러나왔다. 유리창에 부딪힌 빗방울이 순식간에 옆으로 달려가 사라졌다. 푸른 논밭 위로 펼쳐진 하늘은 슬라임처럼 꿈틀대는 시커먼 구름으로 뒤덮여 있었다. 그 사이를 비집고 새어 들어오는 햇빛이 하늘에 악마의 얼굴 같은 얼룩덜룩한 무늬를 그렸다.

그리고 번쩍, 번개가 쳤다. 멀리 회색으로 늘어선 산 뒤편이 순간적으로 밝아지며 구불구불한 능선이 드러났다. 하나, 둘, 셋, 넷,

다섯, 여섯, 구르르르르릉. 악마가 내뱉은 듯한 천둥소리에 열차가 떨렸다. 그렇게 느껴졌다. 소리의 속도는 1초에 340미터니 대략 2킬로미터. 번개와 천둥의 시간차로 번개가 내린 곳까지의 거리를 구하는 문제는 너무 쉬워서 수능에는 나오지 않겠지.

입을 떡 벌리고 창밖을 바라보던 주혁이 여전히 검은 구름과 번쩍이는 빛에서 눈을 떼지 못한 채 혼잣말처럼 중얼거렸다.

"와, 무슨 게임 배경 같지 않냐? 이런 장면이 실제로 펼쳐질 수 있구나. 근데 저거 보고 있으니까 왜 배가 고프지? 너 뭐 먹을 거 없어?"

"아침 안 먹고 나왔어?"

"먹었겠냐? 너는?"

꼴을 보니 주혁도 마찬가지다. 여행을 가겠다고 며칠 전에 미리 싸 놓은 캐리어 가방만 그대로 들고 나왔겠지.

"하여튼 내가 안 챙기면 굴러가는 게 없다니까. 아무리 계획을 세우면 뭐 해? 정작 닥쳤을 때는 엉망진창인데."

가방을 열어 과자 봉지 하나를 꺼내 주혁에게 건넸다. 주혁은 과자를 옆구리에 끼워 넣고는 내 가방을 통째로 빼앗아 가 뒤지기 시작했다.

"뭐야, 다 과자잖아. 이딴 거만 들고 온 주제에 나한테 뭐라 그런 거야? 이건 또 뭐야. 너 아직도 이런 유치한 잠옷 입냐?"

아차. 주혁이 볼 줄 알았다면 다른 잠옷을 챙겨 왔을 거다. 엄마가 사 준 새 잠옷이 있는데도 왠지 저걸 입어야 잠이 잘 와서 버리지 못했다. 주혁의 손에서 잠옷을 낚아채려 하자, 주혁은 팔을 멀리 뻗었다가 킬킬 웃으며 잠옷을 내줬다. 그러고는 웃음기가 조금 가신 얼굴로 물었다.

"너 진짜 2박 3일 여행할 거냐."

"한다니까."

"난 오늘 중으로 들어가야 돼."

"가라니까."

"대체 왜 이렇게 고집을 피우냐. 지금 비 오는 거 안 보여? 이 기차가 부산까지 가기는 하겠냐? 그리고 부산 가서 뭐 할 건데? 바다 근처도 못 갈걸. 호우 경보 떴어. 해안 지방 주민들은 대피하라고 뉴스에 나오더라. 진짜 장난 아니라니까? 아우, 깜짝이야."

또 한 번 번개가 쳤다. 곧 천둥소리가 났다. 하나, 둘, 쫘르르릉. 이번에는 꽤 근처다. 구름 속에서 시작해 땅 위로 내리꽂히는 번개 줄기가 선명하게 보였다. 폭풍 속에서 언뜻 드러난 세계수 같았다. 세계의 운명이 걸린 비밀과 강력한 마법이 서려 있는 보물과 상상도 못한 절경이 저 속에 숨어 있지는 않을까. 오지선다인 시험 문제의 끝자락에 마법 문자로 적혀 있던 여섯 번째 선택지가 아른거리며 모습을 드러낸 것 같았다. 그런 생각 끝에, 나는 나도 모르게 이렇게 중얼거렸다.

"우리가 사는 세상이 너무 작은 거 같지 않냐?"

"뭔 소리야, 뜬금없이."

"조그만 상자 속에 갇혀 사는 거 같지 않냐고. 바깥에 룬테라 같은 전혀 다른 세상이 있는지도 모르고 말야. 저거 봐. 비, 구름, 번개. 전부 진짜잖아. 저런 건 게임 속에만 있는 줄 알았는데 진짜로 있잖아. 또 뭐가 있을지 어떻게 알아? 안 그래?"

"정신 차려라, 한유진. 내가 설명해 줄게. 우리가 사는 세상이 진짜고, 룬테라 같은 게 컴퓨터 속에 있는 가짜 세상이야. 방학 끝나면 다시 학교 가고 학원 가고, 수능 보고 대학 가고, 졸업하면 취직하고. 그게 진짜 세상인데 뭐 어쩌겠냐. 너 수능 안 볼 거야? 볼 거잖아. 뭐, 딴 방법이 있어?"

"난 아무래도 저 속에 뭐가 있을 거 같아. 가 보고 싶어."

"너 노란 비옷 입고 그런 얘기 하니까 진짜 웃긴 거 아냐."

인정하기 싫었지만 내가 생각해도 웃겼다. 참지 못하고 피식 웃음을 흘리고 말았다. 아까부터 계속 공중에 떠다니는 풍선 같은 기분이다. 툭 치면 날아가고 톡 치면 펑 터진다. 그런 내가 어이가 없는지 주혁도 따라 웃었다. 그러더니 한숨을 푹 쉬고 과자 봉지를 뜯었다. 동시에 번쩍. 다시 번개가 쳤다.

그 속에서 우뚝 솟은 탑이 모습을 드러냈다.

번개는 정확히 탑 꼭대기에 떨어졌다. 하나, 둘, 셋, 넷, 다섯, 여섯, 일곱, 여덟, 아홉, 우르르르르르르르릉. 거리는 대략 3킬로미터. 번개의 빛이 가시자마자 탑은 다시 짙은 안개 속으로 사라졌다. 잠시 후, 또다시 탑 위로 번개가 떨어졌다. 그리고 세 번째. 거리가 멀어진 만큼 빛도 소리도 울림도 작아졌지만, 번개가 내린 위치는 같았다.

"우리 열차는 잠시 후 대전역에 도착합니다. 미리 준비하시기 바랍니다. 고맙습니다."

안내 방송이 흘러나왔다. 나는 벌떡 일어났다.

"여기서 내려야 돼."

"여기 대전인데?"

"응, 대전."

"대전에서 내린다고?"

"응."

"부산보다 가까워서 좋긴 한데, 야, 그럼 진작 말을 했어야지. 푯값이 반값인데."

나는 대답 대신 과자 봉지를 다시 주섬주섬 가방에 담았다. 주혁은 투덜대면서도 부산까지 안 간 게 다행이라고 생각하는지 냉큼 따라 일어났다.

"대전은 빵의 도시 아니냐. 그러니 성심당에 가야지. 대전역에도 분점이 있는데 거기 말고 본점을 가야 한대. 근처까지 지하상가가 이어져 있다니까 비 피해서 가기도 좋겠다."

플랫폼에서 에스컬레이터를 타고 올라와 출구로 빠져나오는 내내, 주혁은 휴대폰으로 대전 핫플을 검색하느라 정신이 없었다.

번쩍. 또 번개가 쳤다. 잠시 후 우르르르릉. 이번에는 번개 줄기가 어디에 내리꽂혔는지 보지 못했다. 기차로 지나온 탁 트인 공간과 달리 네모난 건물로 가득한 도시 안에서는 번개가 떨어진 곳을 찾기가 힘들었다.

주혁이 내 어깨를 툭 치며 말했다.

"저쪽에 계단 있다. 저기로 가면 되겠다."

"그냥 비 맞고 가자. 비옷도 있는데."

"왜? 길 못 찾을까 봐? 지하 통로로 기는 게 더 찾기 쉽내. 그냥 쭉 직진하다가……."

"그게 아니라."

"그게 아니면?"

"내가 비를 맞고 싶어서 그래."

정말 그래서는 아니었다. 그저 번개가 내리치는 위치를 찾고 싶었다. 그러려면 밖으로 나가야 한다. 비를 맞고 싶다는 말과 번개가 치는 탑으로 가고 싶다는 말 중 어떤 게 더 정신 나간 소리처럼 들릴까. 그래도 비를 맞고 싶다는 쪽이 더 나을 것 같았는데, 할 말을 잃은 채 나를 멍하니 바라보는 주혁의 표정을 보니 꼭 그렇지만은 않은 모양이다.

지금쯤 내가 사라졌다는 걸 부모님도 눈치채셨겠지? 부재중 전화가 엄청나게 와 있겠지. 휴대폰을 잠옷 바지로 둘둘 말아 가방에 넣어 놨으니 진동이 울려도 몰랐겠구나. 잠깐, 잠옷 바지?

기차에서 주혁과 잠옷을 붙들고 실랑이를 벌인 기억이 났다. 설마. 둘러메고 있던 가방을 황급히 바닥에 내려놓고 과자 봉지를 죄다 꺼내기 시작했다. 주혁은 거의 울 것 같은 표정이 되었다. 아무래도 내가 제정신이 아니라고 생각하나 보다. 하지만 그게 문제가 아니다. 잠옷을 꺼내 털고 가방 속을 헤집어 봐도 휴대폰은 없었다.

"아, 망했다. 나 휴대폰 잃어버렸다."

"휴대폰?"

"응, 아까 네가 내 잠옷 꺼내서 난리 치는 바람에. 잠옷 속에 휴대폰 있었단 말야! 기차에 떨어뜨린 거 같은데."

"그러니까 휴대폰 잃어버린 게 걱정된단 말이지?"

"그럼 걱정이 안 되냐?"

주혁이 안도의 한숨을 내쉬더니 나를 와락 껴안았다.

"다행이다. 휴대폰 챙길 정도면 아직 제정신인 거지. 난 또 한유진 네가 완전히 맛이 가 버린 줄 알았잖아."

"다행은 무슨 다행! 휴대폰 잃어버렸다니까?"

"야, 휴대폰은 다시 찾으면 되지. 기차에서 떨어뜨린 거면 승무원이 주울 거야. 나중에 분실물 센터에 연락해 보면 돼. 그리고 지금 네가 휴대폰 들고 있어 봐야 좋을 게 뭐가 있는데? 너 부모님 전화 계속 씹고 있었잖아. 휴대폰 잃어버려서 연락 못 받았다고 하면 오히려 덜 혼날걸."

"나랑 연락 안 되면 너한테 전화하실 텐데."

"그건 내가 알아서 할 테니까 걱정하지 마. 일단 빵이나 먹으러 가자. 비가 와도 적당히 와야 그냥 맞지. 저걸 봐라. 아까보다 더 쏟아지는 거 같은데? 저게 폭포지, 비냐?"

번쩍. 주혁이 손가락으로 가리킨 방향으로 번개가 내리쳤다. 그르르르르릉. 이번에는 탑이 보이지 않았다. 하지만 번개가 내리친 방향은 똑바로 봤다. 대략 북서쪽이었다.

가방을 메고 그 위에 비옷을 입은 뒤 똑딱이 단추를 여몄다. 그러고는 무작정 빗속으로 뛰어들었다. 후두두둑. 빗방울이 노란 비옷 위를 세차게 두들겼다. 얼굴을 타고 흘러내린 빗물에 순식간에 옷이 젖었다. 괜찮다. 휴대폰이 없으니 고장 날 것도 없다. 블루투스 헤드폰은 잘 말리면 되겠지.

저벅저벅 빗속을 걸었다. 더 젖을 것도 없다고 생각하니 오히려 마음이 편했다. 허리를 펴고 하늘을 향해 고개를 들었다. 대놓고 맞으니 샤워기보다도 약한 물줄기다. 당연하다. 샤워기로 욕조에 100밀리리터의 물을 채우는 데에는 한 시간이 안 걸리니까. 고작 이런 걸 무서워했다는 게 우스웠다. 뒤에서 소리쳐 나를 부르던 주혁도 결국 빗속으로 뛰어들었다.

"조금만 더 가면 돼. 여기서 오른쪽으로 돌면……."

번개가 친 곳은 북서쪽이었지만 일단 주혁을 따라 서쪽으로 향했다. 아직 탑에 대해서는 말하지 않았다. 일단 빵을 먹인 다음 대화를 하면 더 잘 통할 것 같았다.

몇 분 동안 비를 맞자 주혁도 젖는 것에 개의치 않게 되었다. 오히려 성심당까지 최단 거리로 가겠다며 흠뻑 젖은 캐리어 가방을 덜렁덜렁 끌고 좁은 골목 사이를 헤집었다. 우리가 허름한 간판과 페인트가 벗겨진 건물과 굳게 셔터를 내린 가게 사이를 지날 때였다. 비가 덜 들이치는 건물 사이 좁은 골목에 무언가가 쓰러져 있는 게 보였다.

"고양이인가? 고양이가 비를 맞고 있나?"

"너무 크지 않아? 마네킹인가?"

사람 같았다. 정확히는 사람처럼 보이는 형체였다. 그런데 옷을 하나도 입고 있지 않았다. 내가 다가가려 하자 주혁이 나를 붙잡았다.

"야, 좀…… 그렇지 않아? 그냥 경찰에 신고하자."

"일단 보고. 사람인지, 살아는 있는지."

"조심해."

주혁은 못 미더운 손길로 내 팔을 놓았다. 나는 왠지 모를 기대감에 가득 차 쓰러져 있는 형체를 향해 발을 내딛었다.

도와주려고 한 건 맞다. 하지만 그게 전부는 아니었다. 무슨 근거인지는 몰라도, 나는 이번 여행에서 내게 무언가 신비한 일이 일어날 거라는 느낌에 휩싸여 있었다. 아니, 그냥 무슨 일이라도 벌어지기를 간절히 바란 것 같기도 하다. 정말 말도 안 되는 일이 일어날지도 모른다고, 그랬으면 좋겠다고. 그래서 잔뜩 웅크리고 있던 형체의 등에서 깃털인지 비늘인지 모를 무언가가 우수수 일어나고 그게 좌우로 활짝 펼쳐졌을 때도 그다지 놀라지 않았다.

"유진아! 위험해!"

주혁이 소리쳤다. 활짝 펼쳐진 무언가는 힘없이 몇 번 펄럭이다가 다시 오그라들었다. 자세히 보니 날개 같았다. 등에 날개가 돋아 있으니 저것은 사람이 아니다. 골격이나 체형도 어딘가 달라 보였다. 그래도 전체적으로는 사람과 비슷했다. 무엇보다 겨우 고개를 들어 나를 바라보는 눈이 사람보다 훨씬 고귀한 무언가의 눈빛이었다. 너무나 아름다웠다. 나를 바라보던 형체는 다시 힘없이 고개를 떨궜다.

저 형체는 내 도움을 필요로 하고 있어.

비옷 안에 있던 가방을 벗고 그 안에서 잠옷을 꺼냈다. 그러고는 쓰러진 형체에게 달려가 잠옷 상의를 덮어 주었다. 물론 금방 비에 흠뻑 젖었지만, 없는 것보단 나았다. 몸이 조금 따뜻해지는지 그가 한숨을 가늘게 내쉬는 게 느껴졌다.

나는 조심스럽게 손을 내밀어 형체의 팔을 잡았다. 내 손이 닿는 순간, 그의 몸이 흠칫 떨리더니 이내 조용히 힘을 뺐다. 옷에 팔을 끼워 주자 알아서 앞섶을 여미고 단추를 끼웠다. 바지를 받아 들고는 뒤로 돌아 다리에 끼워 넣더니 비틀거리며 일어났다. 나한테는 조금 작은 잠옷이 그에게 딱 맞았다.

옷을 입고 나니 영락없는 사람이었다. 그것도 눈이 부시게 아름다운 사람. 곱슬거리는 금발이 뺨 위로 흘러내렸다. 머리카락을 보다 보니 그에게서 느껴지는 위화감의 이유를 알 수 있었다. 그는 애니메이션이나 게임 속에서 튀어나온 비현실적인 캐릭터 같았다.

"……저기, 괜찮으세요?"

그는 말을 하지 않았다. 다만 표정은 아까보다 훨씬 편해 보였다. 눈으로는 무언가를 이야기하고 있었지만 무슨 의미인지 알 수 없었다. 입술을 꾹 다문 채 움직이지 않는 걸 보면 말을 하지 못하는 모양이었다.

"주혁아, 휴대폰 좀 줘 봐."

주혁은 여차하면 내 손목을 낚아채 도망갈 수 있는 거리에서 머뭇거리고 있었다. 다시 한번 재촉하자 마지못해 휴대폰을 건넸다. 나는 나와 주혁이 떠들던 메신저 대화창을 열어 글자를 찍었다. 한글을 모르더라도 반응을 보여 줄지도 모른다.

[안녕하세요.]

그는 초롱초롱한 눈으로 휴대폰 화면을 바라보았다. 그러고는 내가 보낸 글자를 하나하나 짚으며 시선을 옮겼다. 적어도 내가 소통을 시도하고 있다는 것 정도는 이해했겠지. 몇 마디 더 적으려고 키패드를 누르는 순간, 답장이 떴다.

[안녕하세요.]

"어? 이게 뭐지?"

대화방에 있는 사람은 나와 주혁, 둘이다. 그러니 이 방에 메시지를 보낼 수 있는 건 내 휴대폰뿐이다. 아, 누가 휴대폰을 주운 건가? 그런데 패턴을 어떻게 풀었지?

[도와주셔서 감사합니다.]

"도와줘서 감사하다고?"

그가 살짝 웃으며 고개를 끄덕였다. 이 사람이 메시지를 보내고 있는 건가? 하지만 어떻게? 자세히 보니 메시지 옆에 보낸 사람의 사진이 없었다. 그냥 대화창만 떠 있었다.

"왜 그래? 무슨 일이야?"

주혁이 내게 다가오며 물었다. 나는 문자를 입력했다.

[지금 당신이 메시지를 보내는 건가요?]

106

휴대폰 화면을 그에게 보여 주자 바로 답장이 왔다.

[네.]

그의 손에는 아무것도 없었다. 그는 아직 추운지 팔짱을 낀 채 가볍게 몸을 떨었다. 하지만 얼굴에는 가느다란 미소가 떠올라 있었다. 나와 눈이 마주치자 그 미소는 환한 웃음으로 바뀌었다. 동시에 대화창에 이모티콘이 올라왔다. 곰 같은 캐릭터가 엄지손가락을 내밀고 있었다. 곧이어 배꼽에 손을 모으고 꾸벅 절을 하는 이모티콘도 떴다.

"뭐야, 뭔데 그래?"

주혁이 휴대폰을 가져가 대화창을 들여다보았다. 아직 뭐가 이상한지 눈치채지 못한 모양이었다. 나는 그와 다시 눈을 마주쳤고, 우리 둘은 동시에 환하게 웃었다. 대화창에도 활짝 웃는 이모티콘이 올라왔다.

케일. 그의 이름이다. 주혁이 깜짝 놀라며 말했다.

"케일? 그러고 보니까 닮은 거 같은데. 챔피언 중에 있잖아. 날개에, 금발에. 진짜 똑같은 스킨 있는데? 너 모르냐?"

케인은 우리가 하는 말을 듣지 못했다. 나는 대화창에 혹시 룬테라에서 오셨냐고 적었다.

[제가 사는 곳의 이름은 이곳의 언어로 표현할 수 없어요. 케일도 당신이 부를 수 있도록 지어낸 이름이죠.]

[당신과 똑같은 이름의 게임 캐릭터가 있어서요. 모습도 비슷하고.]

[그럴 수 있어요. 제가 사는 세계와 당신의 세계는 묘한 방식으로 공명하니까요. 어쩌면 그 캐릭터를 만들어 낸 사람이 나의 세계와 잠시 공명했을지도 모르겠네요.]

[그곳은 어떤 곳이죠?]

[제가 사는 곳은 물과 비, 전기와 번개 그리고 바람과 날개의 세계예요. 이곳과는 모습이 많이 다르죠.]

[여기는 어떻게 오신 건가요?]

[음, 그건…… 그냥 여행이라고 해 두죠.]

[그런데 왜 쓰러져 계셨어요? 혹시 다치셨나요?]

[몸은 괜찮아요. 다만 제 장비를 잃어버려서. 이곳에 올 때 작은 사고가 있었어요. 세계를 넘나드는 일이 쉽지는 않죠.]

[저희가 뭘 도와드릴 수 있을까요?]

[이미 많이 도와주셨어요. 나머지는 제 힘으로 어떻게든 해 볼게요. 참, 찾는 곳이 있는데, 혹시 성심당이라는 곳을 아시나요?]

성심당이 우리가 찾아가던 빵집의 이름이라는 걸 깨닫는 데까지는 시간이 조금 걸렸다. 처음에는 소환사의 협곡에 있는 사원 이름인 줄 알았다. 성심당의 축복을 받아야 고향으로 돌아갈 수 있다거나. 사고를 무릅쓰고 다른 차원을 넘은 이유가 대전의 빵집 때문이라고는 상상하기 힘들었으니까.

하지만 빵집이 맞았다. 뭐, 생각해 보면 대전 시내 골목에 날개 달린 사람 같은 것이 쓰러져 있었던 것 자체만으로 충분히 이상하다. 그러니 그가 성심당을 찾아가던 중이었다고 해도 특별히 더 이상할 이유는 없다.

"음, 이걸 입으시는 게 나을 거 같은데요."

나는 내가 입었던 비옷을 내밀며 말했다. 적어도 그 순간에는 날개 달린 사람이나 다른 차원에서 찾아온 빵 순례자는 있을 수 있어도 길에서 물방울무늬 잠옷을 입고 돌아다니는 건 있을 수 없는 일이라고 느껴졌다. 그걸 보더니 주혁이 캐리어 가방에서 주섬주섬 무언가를 꺼냈다.

"여기 새것 있어."

"비옷이 또 있었어?"

"응. 세 개가 세트였어."

주혁이 내민 건 갑옷처럼 반짝이는 은색 비옷이었다. 나한테 준 노란색 비옷보다 훨씬 덜 유치해 보였다.

"근데 왜 나한테는 노란색을 줬어?"

"어울리잖아, 너랑."

그렇게 말하며 주혁은 내게 노란 비옷을 다시 입혀 주었다. 하도 어이가 없어서 그냥 가만히 있었다. 다 입고 나서 펄럭펄럭 날갯짓도 했다. 그걸 본 주혁이 배꼽을 잡고 웃었다. 나도 따라 웃었다. 왜 그렇게 웃었는지 모르겠다. 긴장이 풀려서 그랬나 보다.

케일도 웃었다. 이유를 알고 웃는 건지. 은색 비옷을 입은 케일이 나를 따라 팔을 펄럭였다. 대화창에는 눈물을 흘리며 웃는 동그란 얼굴 이모티콘이 연달아 올라왔다.

[말은 못 하세요?]

[이게 우리가 말하는 방식이에요. 전자기파를 쓰죠. 우리의 눈에는 공기의 밀도 변화로 정보를 전달하는 당신들의 방식이 훨씬 부자연스러워 보여요.]

[한국어는 언제 배우셨어요?]

[한국어를 하는 게 아니에요. 뭐라고 해야 하나, 당신에게 특정 메시지를 전달하려는 의지를 발현하는 거예요. 그럼 그게 적당한 형태의 전자기파로 방출돼요. 빅 데이터로 학습한 대형 언어 모델을 이용해서 인공 지능으로 실시간 번역을 하고 있는 것과 비슷해요.]

"이게 무슨 소리야? 대형 언어 모델? 주혁아, 알아들었어?"

"이건 수능 범위에서 벗어나는 내용 아니냐? 언어 영역에서는 나올 수도 있으려나?"

우리가 어리둥절하고 있는 사이 다시 문자가 찍혔다.

[그리고 당신의 그 화면, 휴대폰이라고 부르나요? 그 장치를 개조했어요. 제 전자기파를 수신할 수 있도록. 그 장치 속에 수많은 전자의 흐름이 보이더군요. 우리는 그런 걸 원하는 대로 바꿀 수 있어요. 간단히 설명하긴 어렵지만, 기본적으로는 전자기 유도 현상을 이용해요.]

전자기 유도. 이건 시험 범위다. 왼손 법칙과 오른손 법칙. 내가 제일 싫어하는 유형이다. 아무리 외워도 헷갈린다. 수능에 나오면 틀릴 게 분명하다. 그 생각을 하니 갑자기 머리가 아파 왔다.

[무슨 말인지 모르겠어요. 그런 게 어떻게 가능하죠?]
[당신들이 발성 기관의 형태를 바꾸며 복잡한 주파수의 음파를 만들어 내는 것이 제게는 훨씬 더 신기해요. 더군다나 당신들은 그렇게 만들어진 음파에서 패턴을 파악해 그 음파를 누가 만들어 냈는지 알아내기까지 하죠. 어떻게 그런 게 가능한지 상상도 가지 않아요.]

메시지를 유심히 바라보던 주혁이 물었다.
"이건 또 무슨 말이야? 한국어 맞아? 넌 이해가 돼?"
"우리가 목소리만 듣고도 상대방이 누군지 안다는 뜻 아닐까?"
"그게 그렇게 신기한 건가?"
"그런가 봐."
"어, 근데 잠깐만. 이건 무슨 소리야? 케일이 내 휴대폰을 개조했다고? 아, 진짜."

주혁이 얼른 휴대폰을 가져가 메시지를 입력했다.

[제 휴대폰을 개조했다고요?]

[네. 제 전자기파를 받을 수 있는 방식으로요. 이제 기존 용도로는 사용할 수 없어요.]

[다시 복구할 수 있는 거죠? 전자기 유도를 이용해서.]

[미안해요. 제가 적용한 방식 중 몇 가지는 불가역적인 변화를 포함하고 있어요. 되돌릴 수는 없어요.]

"유진아, 이게 혹시 내 휴대폰이 고장 났다는 뜻이냐."

"그런 거 같은데."

"못 고친다는 뜻이고?"

"그런 듯."

"아니, 그럼……! 나한테 물어보지도 않고 이러면 어떻게 해!"

목소리를 높이는 주혁을 보며 케일이 미안한 표정을 지었다.

[저와 소통을 원하신다고 생각했어요.]

나는 얼른 메시지를 적었다.

[맞아요. 소통을 원해요.]

[고장 난 휴대폰에 대해서는 보답을 할게요. 저를 도와주신 것도 포함해서요.]

[괜찮아요. 신경 안 쓰셔도 돼요.]

"내 휴대폰인데 왜 네 마음대로 괜찮대? 그리고 둘 다 휴대폰 없으면 어떻게 해? 검색도 못 하고 지도도 못 보고. 서울 올라갈 기차표는 어떻게 사?"

차주혁이 방방 뛰는 사이 문자가 찍혔다.

[빵을 사 드리면 될까요?]

작은 다리를 건너니 비옷을 입거나 커다란 우산을 단단히 붙잡고 거리를 지나다니는 사람들이 보이기 시작했다. 모두 한곳으로 향하고 있었다. 그들을 따라가다 보니 건물 주위를 둘러싼 긴 행렬이 나타났다. 빵을 들고 있는 커다란 인형도 보였다.

번쩍. 번개가 쳤다. 방향은 보지 못했다. 그런데 번개를 찾는 건 나 혼자가 아니었다. 케일 역시 번개가 번쩍이자 손가락으로 숫자를 세며 주변을 두리번거렸다. 방향과 거리를 알아내려는 걸까. 나와 눈이 마주친 케일이 얼른 고개를 돌렸다. 나는 일부러 호들갑을 떨며 말했다.

"와, 진짜 대단하다. 차주혁, 저기 봐. 비가 이렇게 오는데도 빵 사려고 줄을 섰어. 우리 같은 사람이 많나 봐."

성심당 간판을 본 케일의 얼굴이 환하게 펴졌다. 날개도 같이 펴지려는지 비옷 안쪽이 꿈틀거렸다. 드르륵. 주혁의 휴대폰이 진동했다. 이제 진동을 울리는 법도 안 모양이다.

[드디어 도착했군요. 상상한 것보다는 크지 않네요. 그래도 멋져요. 게다가 방금 구운 이 빵 냄새! 어서 안으로 들어가죠.]
[잠깐만요. 줄을 서야 해요.]
[그래요. 이 사람들도 모두 순례자군요. 이 세계에서는 이곳의 규칙을 따라야겠죠. 앞장서세요.]

파란색, 노란색, 은색 비옷을 입고 사람들 뒤에 붙어 선 우리는 전혀 이상해 보이지 않았다. 비가 쏟아지는데도 성심당에 들어가려고 기다리는 사람들은 다들 들떠 있었다. 이상한 유대감이 사람들 사이에 오고 갔다. 폭우를 뚫고 빵을 사러 왔다는 공통점 때문일까. 우리는 빵을 먼저 가져가려고 다투는 경쟁자가 아니었다. 사람들은 어떤 빵을 고를지 행복한 고민을 하고 있었고, 매장 안에 있는 빵은 줄을 선 사람 모두에게 돌아가기 충분해 보였다.

하지만 주혁은 대화창으로 고정된 휴대폰 화면을 보며 계속 답답해했다.

"아, 어떡하지. 휴대폰이 안 되니까 무슨 빵을 사야 하는지 검색할 수가 없잖아."

"그냥 보고 맛있게 생긴 거 고르면 되지 뭘 고민해."

"우리가 여기 올 기회가 몇 번이나 되겠냐. 이번 기회를 놓치면 다시는 유명한 빵을 못 먹어 볼지도 몰라. 아, 성심당 본점에서는 어떤 빵을 사는 게 국룰인지 알아야 하는데."

선택에는 항상 정답이 있다. 시험 문제를 풀 때도, 게임 캐릭터를 고를 때도. 상성에 따라 최적의 효율을 보여 주는 캐릭터가 있어 엉뚱한 캐릭터를 고르면 다른 유저들에게 욕을 먹는다. 심지어 시험에서는 선택지 중 딱 하나의 정답에만 점수를 주고 나머지는 모두 빵점 처리된다. 우리는 학교를 다니며 십이 년 동안 미리 정해 놓은 정답을 고르는 연습을 한다. 오답을 고르면 혼이 난다. 그래서 우리는 선택이 싫고, 그래서 국룰이라는 게 있다. 선택에서 실패하지 않도록 도와주는 규칙. 그걸 고르면, 적어도 남에게 욕을 먹지는 않는다.

[무슨 고민이 있나요? 마음이 편치 않아 보여요.]

[어떤 빵을 고를지 고민이라서요.]

[그건 저도 고민이에요. 하지만 즐거운 고민이잖아요. 선택이란 언제나 즐거운 법이죠.]

[선택이 즐겁다고요? 우리는 선택이 괴로운데요. 잘못된 선택을 할 수도

있잖아요.]

[잘못된 선택이라니, 이상한 생각이군요. 설마 저 빵 중 일부에 독이 들어 있나요?]

[설마요. 그럴 리가요.]

[제 눈에는 모든 빵이 다 맛있어 보이는데.]

[제가 봐도 그래요. 하지만 덜 맛있는 빵을 고르면 손해니까, 더 맛있는 빵을 고르기 위해 고민하는 거죠. 그래서 어렵고요.]

케일이 우리를 바라보더니 무언가에 집중하듯 눈을 감았다. 살짝 심장이 떨리고 온몸에 전기가 자르르 흘렀다. 싫지는 않았다. 오히려 긴장이 풀리면서 나른해졌다. 케일에게서 번져 나온 빛무리에 몸이 치유되고 체력이 회복되는 느낌이 들었다.

[선택한 미래와 선택하지 않은 미래를 비교하는 건 어쩌면 인간만이 가진 독특한 능력일지도 모르겠군요. 하지만 그건 공정하지 않아요. 존재하는 건 언제나 당신이 선택한 미래뿐이니까요. 당신이 선택한 미래에서 빵이 맛있으면, 그 빵은 맛있는 거예요. 당신이 선택하지 않은 빵 때문에 지금 먹고 있는 빵이 맛없어지는 일은 일어나지 않아요.]

[하지만 고민을 많이 하면 더 좋은 선택을 할 수 있는 건 사실이잖아요. 삶은 한 번뿐이고, 게임처럼 되돌아가 다른 선택을 할 수 있는 것도 아니니까요. 좋은 엔딩을 보려면 좋은 선택을 해야 하니까 고민이 될 수밖에

없죠.]

[아아, 그래요. 삶이란 때로는 잔인하죠. 인정해요. 하지만 선택은 언제나 고민한 시간만큼의 보답을 돌려줘요. 선택에 대한 보상은 선택 그 자체로 주어지는 게 아니에요. 선택에 들인 시간으로 주어지죠. 그러니 선택이란 언제나 즐거운 거고요.]

[흠, 글쎄요. 잘 모르겠네요.]

[일단 빵을 고르죠. 그렇게 열심히 고민했으니 분명 더 맛있을 거예요.]

보문산 메아리, 명란 바게트, 딸기밭 과수원 길, 카카오 순정, 먹물 방망이, 오키도키 슈, 대흥동 종소리. 이름부터 독특한 수많은 빵 중에서 먹고 싶은 빵을 고르기란 쉽지 않았다. 그래도 분명 즐거운 고민이었다. 국룰을 외치던 주혁도 빵을 고르는 순간만큼은 눈이 커지고 얼굴에 절로 미소가 번졌다. 삶에서의 모든 선택이 빵을 고르는 것처럼 즐겁다면 얼마나 좋을까.

쟁반 가득 빵을 담아 계산대 앞에 서자 케일이 주혁에게 눈짓을 했다.

[휴대폰을 리더기에 가져다 대세요.]

[이거 페이 안 되는데요?]

[그냥 대면 돼요. 절 믿어요.]

"결제되었습니다. 감사합니다."

허둥대는 우리를 수상하게 바라보던 직원은 정상적으로 결제 메시지가 뜨자 안도하며 밝게 웃었다. 뒤에서 기다리던 사람이 헛기침을 했다. 더 따질 새도 없이 우리는 빵을 들고 2층으로 올라갔다. 빈 테이블에 쟁반을 내려놓은 후에는 또 따질 새도 없이 빵 봉투를 열었다.

맛있었던 건 말할 필요도 없다. 고민을 오래 해서 그런 건지는 잘 모르겠다. 하지만 한 가지는 케일이 옳았다. 골라 온 빵을 먹을 때, 고르지 않은 빵들은 생각조차 나지 않았다. 그래서 그런지 빵은 상상보다 훨씬 더 맛있었다. 누구보다 가장 맛있게 먹은 건 케일이었다. 케일은 만화처럼 빵을 순식간에 삭제시켜 버렸다.

[정말 맛있었어요. 당신들과 함께 먹어서 더 맛있었던 것 같아요. 여러모로 고마워요.]

[아까는 어떻게 결제를 하신 거예요?]

[카드 리더기도 전자 기기니까요. 얼마든지 원하는 메시지를 띄울 수 있어요.]

[그럼 혹시 우리가 사기를 친 거예요?]

[그건 조금 복잡한 문제네요. 결제는 정상적으로 진행되었어요. 성심당은 카드사에서 돈을 받을 거고, 카드사도 제가 만든 가상 계좌에서 돈을

받아요. 다만 제 계좌에서는 돈이 줄지 않죠. 손해를 본 사람은 아무도 없지만, 전체적으로는 통화량이 늘어난 셈이 되어서 상대적으로 돈의 가치가 조금 하락하고 물가가 살짝 오르겠죠. 그러니 모든 사람이 조금씩 손해를 보았다고 할 수도 있어요. 하지만 그 양은 아주 미미하니 신경 쓰지 않아도 돼요.]

[어쨌든 우리는 공짜로 빵을 먹은 거잖아요.]

[저를 도와준 보답으로 제가 사 드린 거니까 공짜는 아니죠. 그리고 당신들의 세계와 우리 세계 사이의 상호 작용은 이런 빵값과는 비교할 수 없을 정도로 복잡해요. 저 역시 이 세계에 나름 기여하는 바가 있고요. 그러니 빵 정도는 드릴 수 있어요. 믿으세요.]

빵값에 대해 더 따지고 싶지는 않았다. 사실 통화량이라는 말이 나올 때부터 딴 이야기를 하고 싶었다. 도대체 케일은 어떤 세계에 사는 걸까. 여기에는 왜 온 걸까. 정말 빵을 먹으러 온 걸까.

[아, 그건…… 사실은 완전히 개인적인 문제예요. 아까 그렇게 잘난 척을 해 놓고 제 삶 하나 제대로 못 다루는 모습을 보여 주려니 민망하네요. 간단히 말하면, 가출했어요.]

[가출이요?]

[네. 뭐, 완전히는 아니지만, 다른 이들 몰래 집을 뛰쳐나왔으니까요.]

[왜 그러셨는지 물어봐도 돼요?]

[우리 세계에서나 통하는 사정이기는 하지만, 저한테 선택지가 없다는 사실이 너무 답답했어요. 기계처럼 하루하루 주어진 일만 반복하는 삶이었거든요. 어떤 이는 그걸 수련 과정이라고 부르기도 하죠. 저는 어떻게든 견뎌내는 편이기는 했어요. 그러다 짧은 휴가가 주어졌고, 휴가 동안 아무도 하지 않을 만한 짓을 하고 싶었고, 우연히 성심당에 대해 알게 되었어요. 사실 우리는 직접 이 세계에 오면 안 되거든요. 그래서 몰래 차원을 이동하다가 사고가 났고……. 뭐, 그런 얘기예요.]

놀라울 정도로 나와 똑같은 상황이다. 우리가 대전에 오게 된 과정을 설명하자 케일이 고개를 끄덕였다.

[그래요. 역시 우리는 만날 운명이었군요. 이게 바로 두 세계가 상호 작용하는 과정이에요. 정말 그 누구도 하지 않을 선택을 했다고 생각했는데, 어쩌면 저 역시 원래부터 그런 선택을 하도록 정해져 있었는지도 모르겠네요. 그건 좀 화가 나지만, 그래도 결과에는 만족해요. 이렇게 당신을 만났으니까요.]

어쩌면 내가 무작정 여행을 떠나 대전역에 내린 것도 필연이었는지도 모른다. 어떤 선택을 하더라도, 결국 미래는 하나뿐이니까. 선택의 순간에 한 고민의 양만큼 보상을 받는다는 말은, 글쎄, 아직도 잘 이해가 되지 않는다. 그래도 난 이번 여행에 만족한다.

여행을 떠나지 않았다면 결코 겪지 못할 일들을 겪고, 절대 알 수 없었을 세계를 알게 되었으니까.

[세계 사이는 어떻게 오가는 거예요? 포털 같은 게 있나요?]

[번개를 타고 다니죠. 차원 이동에는 엄청난 에너지가 필요하니까요. 평상시에는 우리도 당신들처럼 음식물을 화학적으로 분해해 에너지를 얻지만, 당신들이 할 수 없는 일들, 예를 들면 날아다니거나 차원을 이동할 때는 전기를 통해 에너지를 얻어야 해요.]

[번개를 타고 다니고 날아다닌다니, 생각만 해도 멋져요. 부러워요.]

[글쎄요. 생각만큼 멋지진 않아요. 자유롭지도 않고. 솔직히 말하면 꽉 막혔어요. 당신이 사는 이 세계가 훨씬 다채롭고 다양해요. 수없이 많은 가능성이 열려 있죠. 우리가 선택할 수 있는 일은 많지 않아요. 예를 들자면, 우리 세계에는 이런 빵을 만드는 사람도 없죠. 아마 당신도 한번 와 보면 얼마 버티지 못하고 도망치고 싶을 거예요.]

[제가 갈 수 있어요? 당신 세계에?]

케일이 해 주는 놀라운 이야기를 들으면서도 내가 직접 그 세계에 간다는 생각은 해 보지 못했다. 무턱대고 집을 뛰쳐나오긴 했지만, 당연히 다시 돌아갈 생각이었다. 그리고 또 학교와 학원이라는 쳇바퀴를 돌며 시험 문제를 풀겠지. 만일 케일을 따라가면 어떻게 되는 걸까. 적어도 폐색 전선이나 크로마토그래피나 전자기파 같은 건 외우지 않아도 되겠지.

내가 눈을 동그랗게 뜨며 글자를 입력하자 케일은 조금 난감한 표정을 짓더니 냅킨으로 입을 닦고 허리를 편 후, 진지한 눈으로 나를 바라보았다. 곧 휴대폰에 천천히 문자가 찍혔다.

[네, 갈 수 있어요. 이 세계에서 다른 세계로 떠나는 건 생각보다 어렵지 않아요. 하지만 다시 이 세계로 돌아올 수는 없어요.]
[당신은 올 수 있잖아요.]
[오랜 수련 과정이 필요해요. 백 년 혹은 천 년. 그때쯤이면 당신을 기억하는 사람은 모두 사라지고 없겠죠. 세상도 변할 거예요. 지금과는 전혀 다른 세상이 되어 있겠죠.]

이상한 기분이 들었다. 케일을 따라가면 이곳의 나는 사라진다. 백 년 후에 다시 돌아온다고 해도 마찬가지다. 수능을 보고 대학교에 가서 내가 할 수 있는 일들, 부모님과 나눌 수 있는 말들, 주혁과 함께 칠 수 있는 장난들도 모두 사라진다. 물론 내가 케일을 따라가든 그렇지 않든, 백 년 뒤에는 어차피 사라질 것들일지도 모르지만 말이다.

내 표정이 너무 어두웠는지, 케일이 다시 가볍게 미소 지었다.

[어쨌든 가능은 해요. 아무 번개나 다 탈 수 있는 건 아니고, 특별한 번개

가 있어요. 같은 장소에 계속 떨어지는 게 특징인데, 그것만 찾으면 장비가 없어도 다시 제 세계로 돌아갈 수 있어요.

원래는 이렇게 떠들고 다니면 안 되는데…… 맛있는 빵을 먹고 기분이 들떴나 보네요. 하지만 당신은 제 생명의 은인이기도 하니까요.]

[그렇게까지 되려나요. 그냥 옷을 빌려 드린 것뿐인데요.]

[당신이 제 날개를 보고도 받아들여 줬다는 게 중요해요. 전 원래 이 세계에 존재하면 안 되니까요. 만일 당신이 절 이상하게 생각하고 그걸 다른 사람들에게 알리고 다니려 했다면, 전 그 순간 소멸해 버리고 말았을 거예요. 당신의 기억과 함께. 그러니 오늘 저를 만난 일, 제가 한 말, 모두 비밀이에요. 아시겠죠?]

"야, 차주혁, 봤어? 비밀이래. 너 어디 가서 떠들고 다니지 마라."

"어? 어. 그럼. 말 안 하지."

아까부터 주혁은 이상하게 불안해 보였다. 휴대폰이 먹통이 되고 난 이후부터였던 것 같다. 그럴 만도 하지. 솔직히 나도 둘 다 휴대폰이 없는 거나 마찬가지인 상황이 좀 불안하기는 하다. 지금쯤 집에서 난리가 났을 텐데.

"한유진 학생, 차주혁 학생, 맞나요?"

갑자기 옆에서 묵직한 목소리가 들렸다. 고개를 들어 보니 경찰들이 서 있었다.

"아, 네, 맞는데요."

"잠깐 같이 갈까? 별일 아니니까 걱정하지 말고. 그리고 선생님은 이 학생들하고 무슨 관계이시죠?"

경찰이 케일을 노려보며 물었다. 케일의 얼굴이 싸늘하게 굳었다. 내가 황급히 대답했다.

"아, 저, 이분은 우리말을 못하세요. 그러니까…… 외국인이라서요."

"그래? 이 빵은 누가 산 거니? 너희가 샀니?"

"아뇨, 그건 아닌데……."

"결제된 카드는 내국인용 카드던데."

"아, 그건, 그러니까……."

"자, 일단 가자. 김 순경, 저분 따로 모시고 가."

덩치가 좋은 경찰 한 명이 케일 옆으로 다가가며 팔을 잡았다. 케일이 빼려 했지만 단단히 잡힌 팔은 꿈쩍도 하지 않았다. 케일의 표정이 일그러졌다. 그는 여전히 힘이 없어 보였다. 옷에 가려진 날개가 불룩하게 솟아오르며 꿈틀거렸다.

"저기, 제가 저분하고 같이 가면 안 될까요? 제가 통역을 할 수 있어서."

"아니. 그냥 차 타고 가기만 하는 거니까 걱정 안 해도 돼. 가자."

밖에는 경찰차 두 대가 대기하고 있었다. 줄을 선 사람들이 우리를 보며 수군거렸다. 경찰들은 나와 주혁을 앞차에, 케일을 뒤

차에 밀어 넣었다. 케일 옆에는 건장한 경찰이 같이 탔다.

문이 닫히고, 곧 차가 출발했다. 조수석에 탄 경찰이 우리를 돌아보며 물었다.

"너희 혹시 아까 그 사람에게 협박당했니?"

"그런 거 아니에요! 진짜 아니에요."

"그 사람, 외국인은 맞아? 우리말을 못 해? 너는 어떻게 그 사람하고 얘기했어?"

"휴대폰으로요. 문자를 적어서."

"문자? 영어로?"

"그건 아니고……."

"아이고, 박 경위님, 요즘에는 휴대폰으로 번역이고 통역이고 다 돼요. 애들이 휴대폰을 얼마나 잘 쓰는데."

운전을 하던 경찰이 끼어들자 박 경위가 쏘아붙였다.

"내가 너한테 물어봤냐? 휴대폰으로 통역 되는 거 내가 몰라서 이러는 것 같아?"

"아니, 뻔한 거 가지고 애들 닦달하니까 그러죠."

"뻔한지 안 뻔한지는 조사를 해 봐야 알지. 너희 말야, 아까 그 사람, 혹시 이상한 점은 없었어? 솔직하게 말해야 해. 자꾸 거짓말하고 그러면 업무 방해죄에 해당하니까. 알겠지?"

죄라는 말을 들으니 가슴이 철렁 내려앉았다. 하지만 더 걱정되는 건 케일이었다. 케일이 경찰에게 조사를 받아도 괜찮을까?

조금만 유심히 봐도 등이 이상하다는 걸 알 텐데. 다른 사람이 정체를 알게 되면 소멸해 버린다고 했는데.

내가 머뭇거리자 주혁이 얼른 대답했다.

"우린 진짜 몰라요. 그 사람이 길에 쓰러져 있길래 옷 빌려주고, 성심당까지 같이 간 것뿐이에요."

"옷을 빌려줘? 옷을 안 입고 있었어?"

"네, 그런 거 같아요."

"그런 거 같은 거야, 아니면 그런 거야?"

"안 입은 거 같았는데요. 비도 많이 오고 쓰러져 있어서 자세히 못 봤어요……."

주혁이 조금 울먹거리며 대답했다. 박 경위가 재차 물었다.

"그럼 무기는 없었겠네?"

"네, 그런 거 같아요."

"아, 진짜. 애들 겁먹잖아요, 경위님. 이러다가 나중에 애들 부모님한테 민원 들어온다니까요."

"신고 삼십 분 만에 애들 찾아 줬으면 엎드려 절을 할 일이지, 민원은 무슨. 네가 차주혁이지? 휴대폰은 왜 껐어?"

"끈 게 아니라 갑자기 먹통이 됐어요. 문자만 되고. 저도 계속 연락하려고 했는데, 그래서 유진이 잘 데리고 가려고 했는데…… 죄송합니다."

"죄송할 건 없고. 너희, 그렇게 아무나 막 도와주고 그러면 안 돼. 딱 봐도 수상한 사람인데. 경찰에 신고를 해야지. 저 사람이 마약 같은 거 했으면 어쩔 뻔했어? 오늘은 운 좋았던 거니까 그렇게 알고, 부모님 내려오고 계시니까 이따 만나면 무조건 잘못했다고 빌어. 알겠지?"

"네, 죄송합니다."

주혁이 나를 흘끗 바라봤다. 어쩐지 이상하다 했다. 나랑 연락이 안 되면 분명 주혁에게 연락이 갔을 텐데. 아마 주혁은 나랑 같이 있다고 나 몰래 우리 부모님께 알렸을 거다. 대전역에서 내렸고, 성심당에 갈 거라는 것까지. 그러다 갑자기 주혁까지 연락이 안 되니 신고를 하신 거겠지.

주혁을 원망할 생각은 없다. 책임은 무작정 집을 뛰쳐나온 나에게 있으니까. 그나마 주혁 덕분에 대전까지나마 올 수 있었는지도 모른다. 맛있는 빵도 먹고, 상상도 못 한 경험도 하고, 몰랐던 세계도 알게 되고. 그러니 나는 괜찮다. 부모님께 혼나기만 하면 된다. 하지만 케일은 어떻게 될까.

경찰서에 도착해 차에서 내리는데 번쩍! 번개가 쳤다. 북쪽이었다. 번개가 내리꽂히던 탑이 떠올랐다. 케일은 특별한 번개가 있다고 했다. 같은 장소에 계속 떨어지는 번개. 그 번개를 타면 원래 세계로 돌아갈 수 있다고 했다. 우리를 뒤따라온 차에서 케일이 내렸다. 경찰 두 명에게 양팔을 붙잡힌 채였다.

"케일!"

케일이 나를 돌아봤다. 다시 한번 북쪽에서 번개가 쳤다. 케일이 몸을 뒤틀었지만 경찰들은 케일의 팔을 더 단단히 붙잡고 경찰서 안으로 떠밀었다. 케일은 힘없이 끌려 들어갔다.

도망쳐야 한다. 도망치지 않으면 케일이 소멸한다.

그 생각이 든 순간, 나는 이미 케일을 향해 달려가고 있었다.

"어어, 야! 너 뭐 하는 거야?"

내가 케일을 붙잡은 손을 떼어 내려 하자 당황한 경찰이 나를 조금 거칠게 밀어 내는 바람에 그대로 바닥에 내동댕이쳐졌다. 경찰의 힘이 느슨해진 틈을 타 재빨리 케일이 왼팔을 빼냈다. 그러고는 그대로 몸을 밀어 오른팔을 붙잡은 경찰을 벽에 들이박았다. 동시에 몸을 빙글 돌리며 오른팔도 빼냈다. 춤을 추듯 우아한 동작이었다.

경찰들은 케일이 도망가지 못하도록 현관을 막아섰다. 하지만 케일은 현관이 아니라 나를 향해 달려왔다.

"야! 막아!"

경찰들이 소리쳤다. 누군가가 케일의 등을 움켜잡았다. 은색 우비와 물방울무늬 잠옷이 같이 뜯어져 나갔다. 그 사이로 케일의 날개가 드러났다. 비에 흠뻑 젖었을 때와 달리 투명한 은빛이었다. 케일은 경찰들의 손을 뿌리치려 했지만, 힘이 부족했는지 바닥에 미끄러지며 그 자리에 풀썩 쓰러져 버렸다.

파지지지직!

낚싯바늘처럼 생긴 쇳조각이 케일에게 날아와 꽂혔다. 케일이 쓰러진 채로 잠시 몸을 떨었다. 현관을 막고 있던 경찰이 소리쳤다.

"야! 지금 그걸 쏘면 어떻게 해!"

"학생이 위험해서 말입니다!"

"아, 왜 일을 키우냐고! 학생이고 뭐고, 쟤도 잡아! 요즘 애들 진짜…… 어디 겁도 없이."

테이저 건을 쏜 경찰이 고개를 숙이며 머리를 긁었다. 경찰 두 명 중 한 명은 케일을 향해, 나머지 한 명은 나를 향해 달려왔다. 그때였다. 케일이 고개를 들어 나에게 웃어 보였다. 조금 전과는 비교할 수도 없이 눈이 반짝였다. 접혀 있던 케일의 날개가 서서히 사방으로 펼쳐지더니 케일로부터 강한 빛이 뿜어져 나왔다. 그 하얀빛에 감싸인 내 몸이 무척이나 가볍게 느껴졌다.

정신을 차렸을 때, 나는 하늘을 날고 있었다. 여전히 장대 같은 비가 쏟아지고 있었지만 내 몸에는 물 한 방울 닿지 않았다. 내 허리를 단단하게 붙잡은 케일의 팔에서 짜릿한 생기가 흘러들었다. 날개를 펄럭이는 케일의 주변에는 빗방울을 튕겨 내는 둥근 보호막이 둘러져 있었다.

케일이 나를 바라보며 무언가 말을 하는 듯했지만, 휴대폰이 없으니 알아들을 방법이 없었다. 그때, 검은 구름으로 뒤덮인 회색의 도시 저편에 희끄무레한 탑이 보였다. 내가 손을 뻗어 가리키자 케일이 돌아보았다. 동시에 번쩍, 번개가 내리꽂혔다. 케일은 알아들었다는 듯 고개를 끄덕이더니 번개가 내리꽂힌 탑을 향해 힘차게 날갯짓했다.

가까이 다가갈수록 선명해진 탑의 모습은 영락없는 빌딩이었다. 네모난 유리창으로 뒤덮인 밋밋한 빌딩 어디에도 마법사가 숨어 있을 만한 곳은 보이지 않았다. 순식간에 빌딩 꼭대기에 다다른 케일이 조심스럽게 나를 옥상에 내려 주었다.

케일은 괜찮은 걸까. 경찰서에서 나를 데리고 날아온 것 때문에 소멸되어 버리지 않을까. 저 번개를 타고 고향으로 돌아갈 수 있는 걸까. 묻고 싶은 게 너무 많았다. 그 순간, 가방에 있는 블루투스 헤드폰이 생각났다.

서둘러 비옷을 벗고 가방을 내려놓았다. 강한 바람에 노란 비옷이 펄럭, 하고 날아가 버렸다. 나는 벽에 몸을 바짝 붙이고 가방을 뒤져 헤드폰을 꺼냈다. 헤드폰을 들어 보여 주고 귀에 덮어 쓰자 케일도 무슨 의미인지 깨달은 것 같았다. 쏟아지는 빗소리와 바람 소리 사이로 작은 휘파람이 지직대기 시작했다. 그리고 이내 아름다운 목소리가 들렸다. 사람의 목소리가 아니라 거대한 관악기에서 울려 퍼지는 음악 같았다.

들리시나요?

"네! 들려요!"

당신의 입 모양만으로는 무슨 말을 하는지 알아내기 힘들군요. 제 목소리가 들리시나요?

나에게는 케일이 들을 수 있는 전자기파를 발산하는 능력이 없으니, 대신 크게 고개를 끄덕였다.

그래요. 다행이네요, 인사를 하고 떠날 수 있어서.

다행히 소멸되지 않고 무사히 집으로 돌아갈 수 있는 모양이다. 나는 환하게 웃었다.

지금 생각해 보면 정말 무모한 짓이었어요. 무책임하기도 했고요. 당신 덕분에 소멸되지 않고 무사히 제 세계로 돌아갈 수 있게 되었어요.
하지만 당신은 저 때문에 곤란을 겪게 되었군요. 너무 걱정하지는 말아요. 아까의 빛 덕분에 경찰서에서 있었던 일은 모두의 기억에서 사라질 테니까요. 당신이 왜 친구를 내버려두고 빵집을 떠나 이 빌딩에서 발견되었는지, 당신의 친구는 왜 혼자 경찰서에 가게 되었는지, 다들 적당한 이유를 만들어 내 전부 납득하게 될 거예요. 진짜로 무슨 일이 있었는지 기억하는 건 오직 당신뿐이겠죠. 당신의 기억은 지우지 않았어요. 영원히 비밀을 지켜 줄 거라고 믿으니까요.

물론이다. 다시 고개를 끄덕였다. 케일의 목소리가 이어졌다.

당신은 나와 비슷한 점이 많아요. 아마도 그래서 우리가 만나게 된 거겠
죠. 다만, 한 가지는 부럽네요. 제겐 당신처럼 모험을 함께해 줄 친구가
없거든요. 당신과 친구가 되고 싶지만…….

케일이 하늘을 올려다보았다. 빌딩 주변의 구름이 꾸물대며 소
용돌이쳤다. 그 가운데에 작은 구멍이 뚫렸다. 그리고 구멍을 통
과한 한 줄기 빛이 빌딩 옥상 한가운데로 내리꽂혔다.

이제 떠나야 할 시간이네요.

그렇게 말하며 나를 바라보는 케일의 눈빛이 슬펐다. 내가 벌
떡 일어나자 그의 눈이 조금 커졌다. 아까보다 작은 목소리가 내
귓가에서 속삭였다.

혹시 저와 함께 가고 싶은가요?

갈 수 있다고 했다. 이 세계에서 케일의 세계로 떠나는 건 어렵

지 않다고. 다만 다시는 돌아올 수 없다고. 선택해야 했다. 여기에 있을지, 저기로 갈지. 어느 쪽이 더 나을지. 어떤 게 정답이고 어떤 게 오답일지. 가슴이 뛰었다.

구름에 뚫린 구멍이 조금 더 넓어졌다. 이제 빛기둥은 케일의 몸이 들어갈 정도로 커졌다. 케일이 내게서 물러나며 빛기둥 쪽으로 몸을 돌렸다. 나는 그대로 뛰어나가 케일을 끌어안았다.

그리고 놓아 줬다. 한 걸음 뒤로 물러나 그를 향해 최대한 크게 웃으며 손을 흔들었다. 케일도 웃음을 터뜨렸다. 그는 나를 향해 손을 흔들고는 빛기둥을 향해 뛰어갔다.

헤드폰에서 케일의 목소리가 메아리쳤다. 하지만 너무 시끄러워서 알아듣기 힘들었다. 내가 분명하게 들은 건 마지막 한마디뿐이었다.

안녕!

번쩍. 그리고 꽝. 빛과 소리가 동시에 울렸다.

나를 찾아낸 건 주혁이었다. 주혁은 내가 대전에서 가장 높은 빌딩에 가겠다고 한 걸 기억하고 있었다. 나는 그런 말을 한 적이 없는데도. 경찰이 출동해 빌딩 옥상에 쓰러져 있던 나를 발견했다. 경찰도 주혁도 케일에 대해서는 기억하지 못했다.

주혁을 성심당에 버려 두고 혼자 빌딩 옥상에 올라간 이유를 설명하기는 쉽지 않았다. 한참을 고민하다가 그냥 기억이 나지 않는다고 했다. 그걸로 될까 싶었는데, 몸도 마음도 멀쩡하다는 의사 선생님의 말을 들은 부모님은 더는 아무것도 묻지 않으셨다. 다만 빌딩에 있는 성심당 분점에서 빵을 다섯 상자나 사서 실컷 먹으라고 던져 주신 걸 보면, 화가 나긴 나셨던 것 같다.

비는 정말로 계속 쏟아졌다. 월요일만큼은 아니었지만 천둥과 번개도 계속되었다. 하지만, 아무리 유심히 봐도 한곳에 계속 떨어지는 번개는 찾아낼 수 없었다.

대전에서 돌아온 이후, 집 밖으로 나가지 않고 책상 앞에 앉아서 책을 펴 놓고 있는 나를 보며 부모님은 마음을 많이 푸셨다. 액땜을 제대로 한 거 같다고 소곤대는 엄마의 목소리를 방문 너머로 들었다. 벼락을 맞는 건 예로부터 좋은 징조라나, 뭐라나.

케일을 따라 다른 세계로 넘어간 나를 상상해 보았다. 케일 말대로 선택한 미래와 선택하지 않은 미래를 비교하는 건 인간만이지닌 능력인지도 모른다. 하지만 이번에는 어떤 게 더 나았을까 비교하며 내 선택을 후회하지 않았다. 그냥 케일과, 비와 번개의 세계와, 지루하다던 수련 과정을 상상하며 즐거워했다.

금요일엔 주혁과 함께 피시방에 갔다. 나와는 달리 주혁은 부모님께 무척이나 혼난 모양이었다. 조금, 아니, 많이 미안했다.

"주혁이 넌 나한테 고맙다고 해야 돼."

"이건 또 뭔 창의적인 헛소리야? 너 아직 정신이 덜 돌아왔냐?"

"내가 널 선택한 거니까."

"됐고, 챔피언이나 잘 선택해. 뭐야, 케일 골랐어? 너 케일 쓸 줄은 아냐?"

"아니. 오늘 처음 해 보는데."

"얘 또 트롤 짓 제대로 하겠구만. 벌써부터 신나는데."

"뭔 소리야. 난 최선을 다할 거야. 기대해."

"챔피언 선택부터 글러 먹었는데 최선 좋아하네. 그래, 뭐 어쩌냐. 승급할 것도 아닌데. 가 보자고. 큭큭큭."

주혁은 케일에 대해 전혀 기억하지 못했다. 휴대폰이 왜 고장났는지도 알지 못했다. 그저 성심당 빵이 얼마나 맛있었는지만 기억했다. 그날 있었던 일을 기억하는 것도 그리고 나와 함께 모험을 떠나 준 주혁에게 고마워하는 것도 내 몫이다.

며칠 동안 창밖으로 쏟아지는 비를 보며 케일이 마지막으로 한 말이 무엇이었을까 생각했다. 아마 이런 말이었던 것 같다.

당신의 앞길에 무수한 선택지가 놓여 있기를.

그게 정말 축복인지, 아직은 잘 모르겠다. 선택을 즐기는 법은 차차 연습해 봐야 할 것 같다

비를 좋아합니다.

정확히 말하면, 안전한 집 안에서 억수같이 쏟아지는 비를 편안히 내다보는 걸 좋아합니다.

그러다가 문득 생각하곤 합니다. 저게 뭐라고 그렇게 기를 쓰고 맞지 않으려는 걸까. 기껏해야 물인데. 옷이 젖는 건 좀 귀찮지만, 세탁기 돌리고 샤워 한 번 하면 멀쩡해질 텐데.

물론 그래도 밖으로 나가지는 않습니다. 우산을 안 쓰고 돌아다니면 사람들이 너무 이상하게 볼 것 같거든요.

가끔은 그런 시선에서 벗어나고 싶다고 생각합니다. 사람들의 따가운 눈초리도, 쏟아져 내리는 빗줄기도 정작 맞아 보면 아무것도 아닐지도 모르니까요.

그래서 내가 놓쳐 버린 수많은 선택의 기회를 아쉬워하며 지금이라도 진짜 하고 싶은 걸 하려고 노력합니다. 이렇게 글을 쓰는 것도 그중 하나겠네요. 여러분의 모든 선택을 응원합니다.

유영민

엘리자베스 칼라

유
영
민

제3회 자음과모음 청소년문학상을 수상하며 문단에 나왔다. 장편 소설 『오즈의 의류수거함』 『헬
로 바바리맨』 『화성의 시간』을 출간했고, 참여한 소설집으로 『십대의 온도』 『마구 눌러 새로고침』
『친구의 친구』가 있다.

중화요리 자금성. 세트 메뉴 주문 시 군만두 서비스.

문에는 이미 다른 전단이 붙어 있다. 바로 전 집도, 그 전 집도 그랬다. 눈밭에 찍힌 누군가의 발자국을 따라 걷는 것 같다. 선수를 뺏긴 데에서 오는 분한 기분도 든다. P는 중국집 전단 옆에 자신이 가져온 전단을 붙인다.

최저 금리로 대출해 드립니다. 최고 오천만 원까지. 당일 송금 가능.

너무 급하게 붙였는지 중국집 전단이 금방이라도 떨어져 나갈 듯하다. 전단이 없으면 이걸 붙인 사람은 감독자에게 농땡이를 쳤다는 의심을 살 수도 있다. P는 자신의 테이프로 중국집 전단을 단단히 고정한다. 이제 태풍이 몰아쳐도 끄떡없겠지.

몸을 돌리다가 멈칫한다. 문 맞은편에 커다란 신발장이 놓여 있다. 그 옆에는 우산꽂이와 폐지 꾸러미가 있다. 허리를 굽혀 폐지 꾸러미를 살펴본다. 신문이 있고 주부 잡지가 있고 고등학교 참고서가 있다. 한 가정의 구성원이 고스란히 눈에 잡힌다.

참고서를 펼쳐 본다. 여러 색으로 필기가 되어 있다. 형광펜으로 군데군데 밑줄도 그어져 있다. 글씨체가 둥글둥글하다. 신발장을 열어 본다. 주름진 가죽 구두와 검은색 하이힐이 있고, 고무 슬리퍼와 앞코가 뭉툭한 등산화가 보인다. 목이 긴 컨버스도 눈에 띈다. 고등학생의 것이 틀림없다. 둥글둥글한 글씨체를 가진.

발소리가 울린다. 서둘러 신발장을 닫는다. 계단을 내려가다가 파마를 한 중년 여자와 맞닥뜨린다. 여자는 수상하다는 듯 P를 빤히 쳐다본다. P는 애써 그를 무시한다. 뒷머리에 날카롭게 꽂히는 시선이 느껴진다.

다세대 주택을 빠져나온 P는 크로스 백에서 지도를 꺼낸다. 붉은 사인펜으로 동그라미 표시가 그려져 있다. 이제 두 블록만 돌리면 끝이다. 허기가 느껴진다. 주위를 두리번거린다. 멀리 편의점 입간판이 보인다. 손목시계를 확인한다. 열한 시 반. 점심을 먹기에는 조금 이르다. 전단 아르바이트의 장점은 다른 사람의 간섭을 받지 않는다는 것이다. 전단을 전부 돌린다면야 시간을 어떻게 쓰든 상관없다.

즉석식품 코너 앞에 선 P는 오랫동안 고민하지만, 결국 언제나처럼 가장 가성비가 좋은 제품을 골라 든다. 카운터 앞에 서자 아르바이트생이 굳은 표정으로 P를 건너다본다. 입술을 달싹여 뭔가 말하려고 하지만 소리가 되어 나오지는 못한다.

P는 아르바이트생의 얼굴을 정면으로 응시한다. 한국인이에요. 이것으로 세 번째다. 오늘 이 말을 내뱉은 것이. 아르바이트생은 잠깐 멍하게 있다가 겨우 한마디를 입 밖으로 밀어 낸다. 이천 원입니다. 크로스 백에 손을 넣어 지갑을 꺼낸다. 돈을 지불하고 매장 끝에 있는 간이 탁자로 향한다. 조금 전과 마찬가지로 뒷머리에 시선이 느껴진다.

간이 탁자 앞에 서서 김밥의 포장지를 벗긴다. 김밥 한 개를 입 안에 밀어 넣는다. 역시 H 편의점은 속 재료가 부실하다. 발품을 팔아서라도 K 편의점으로 갈걸, 하는 후회가 든다.

마지막 김밥을 우물거리며 신발 속 발가락을 꼼지락거린다. 엄지가 신발 끝에 닿지 않는다. 조금 큰가? 고개를 숙이자 컨버스가 눈에 들어온다. 중년 여자는 신발을 살펴보지는 못했을 것이다. 머리를 든 P는 전면 통유리에 비친 자신의 얼굴을 발견한다. 검은색 스프레이를 함부로 뿌린 듯한 피부를 가진 소녀가 P를 노려본다. P는 소리 없이 말한다. 한국인이에요. 통유리 속 소녀도 소리 없이 말한다. 한국인이에요.

유리 너머 야외 파라솔 아래 고양이 한 마리가 앉아 있다. 이상하게 꼬리가 매우 짧다. 물끄러미 고양이를 바라보던 P는 문득 몇 달 전의 일을 떠올린다. 전단을 돌리다가 동물병원 쇼윈도 앞에서 있는 젊은 여자 둘을 발견했다. 그들은 고양이를 구경하고 있었다. 터키시앙고라였다. 풍성하고도 새하얀 털이 눈길을 붙들 만큼 충분히 아름다웠다.

그러나 P는 고양이와 플라스틱 칸막이를 사이에 두고 있는 잡종 개에게 관심이 갔다. 개는 목에 깔때기 모양의 투명한 기구를 착용하고 있었다. 털이 전부 깎인 몸에는 수많은 상처가 보였다. 아직 채 아물지 않은 상처였다.

P는 무거운 발을 끌고 동물병원으로 들어갔다. 하얀 가운을 입은 수의사에게 개가 목에 끼우고 있는 것이 무엇인지 물었다. 수의사는 대답했다. 엘리자베스 칼라입니다. 동물이 제 몸에 난 상처를 핥지 못하게 하죠. 엘리자베스 칼라, 엘리자베스 칼라, 엘리자베스 칼라. P는 근사한 울림이라고 생각하며 흥얼거리듯 중얼거렸다.

편의점을 나서자 머리 위로 따가운 햇살이 쏟아져 내린다. 뜨겁게 달구어진 아스팔트에 아지랑이가 피어오른다. P는 잠시 멍하게 서 있다가 전단 뭉치를 옆구리에 끼고서 지친 다리를 움직인다.

돌아가세요. 그쪽은 안 됩니다. 남자는 조금 전까지 보던 스포츠 신문을 집어 든다. P는 신문에 커다랗게 인쇄된 야구 선수를 응시한다. 홈런을 날렸다는 야구 선수는 활짝 웃고 있다. 지면에 시선을 고정한 채 남자가 말한다. 웨이트리스는 가게의 얼굴이에요. 아무리 파트타임이라고 해도 마구잡이로 뽑을 수는 없습니다. 야구 선수의 얼굴과 남자의 상체가 절묘하게 이어져 있다. 마치 야구 선수가 말하는 것 같다. 모집 공고는 읽어 봤나요? 분명 자격 요건에 적혀 있을 텐데요, 단정한 용모라고.

이렇게까지 얘기한다면 어쩔 수 없다. P는 출입문을 향해 걸어간다. 거리로 나와 몇 걸음 내딛다가 뒤돌아서서 방금 나온 파스타 전문점을 바라본다. 흰 셔츠에 나비넥타이를 맨 종업원들이 종종걸음치고 있다. P는 어떤 노래의 멜로디를 흥얼거린다. 따라라, 따라, 따라라라따다…….

집을 향해 걷는다. 고층 빌딩 사이, 조각난 하늘에 보잉 747기가 날아간다. 선 캡을 쓴 여자가 거리를 지나는 사람들을 붙잡는다. 헌혈 좀 하고 가세요. 도로에서 자동차가 울린 경적이 크게 들려온다. 배달 가방을 실은 오토바이가 길게 늘어선 자동차들 사이를 이리저리 빠져나간다. 자동차는 법으로 정해져 있기라도 한 듯 검은색과 흰색, 은색이 대부분이다. P는 누군가가 예전에 한 말을 떠올린다. 한국 사람들은 눈에 띄는 걸 좋아하지 않아. 그래서 차를 살 때도 유채색은 고르지 않지. 그런 색은 중고차 시장에 내놓을 때 불이익을 받거든.

노점에서 천 원을 주고 크로켓 한 개를 산다. 상가 건물 입구의 계단 턱에 앉아 크로켓을 먹는다. 차갑게 식은 크로켓은 베어 물

때마다 기름이 흘러나온다. 삼십 미터쯤 떨어진 거리에 한 남자가 피켓을 들고 서 있다.

Free Hug. 누구든 공짜로 안아 드립니다!

누구든 안아 준다니. 선뜻 이해가 가지 않는다. P는 피켓을 든 남자를 유심히 바라본다. 야구 모자를 푹 눌러 쓰고 있어 얼굴이 잘 보이지 않는다. 프릴이 달린 원피스를 입은 여자가 남자에게 주춤주춤 다가간다. 남자가 피켓을 바닥에 내려놓고 여자를 껴안는다. 남자의 품에 안긴 여자가 까르르 웃음을 터트린다. 주변 사람들도 웃는다. 프릴 원피스를 입은 여자의 일행인 듯한 사람이 휴대폰으로 남녀의 사진을 찍는다. P는 그들에게서 오랫동안 시선을 떼지 않는다.

동네 입구에 자리 잡은 고등학교 앞을 지나다가 멈칫한다. 여름 방학이지만 수능을 앞둔 아이들은 한참 자율 학습을 하고 있을 것이다. 수시 원서 상담도 이뤄지고 있을지도 모른다. P는 만약 대학교에 간다면 웹 디자인과를 선택하고 싶다는 생각을 한적이 있다. 그 분야에 특별한 관심이나 흥미를 느낀 것은 아니다. 다만 졸업 뒤에 외주 일감을 받아 혼자 작업하며 사람들과 마주치지 않고 살아갈 수 있을 것 같았기 때문이다.

현관문을 열자 집 안에 고여 있던 어둠이 왈칵 쏟아진다. 지하방은 불을 켜지 않으면 한낮에도 어둡다. 깊은 바닷속 같은 어둠이 이어진다. 벽면에 수초처럼 곰팡이가 피어난 부엌을 지나 욕실로 걸어간다. 욕실 바닥에 구토물 같은 잿빛 물이 고여 있다. 이따금 위층의 오수가 하수구에서 솟아난다. 집주인이 수리를 해 준다고 했지만 말뿐이다. 한 달이 가고 두 달이 가고 일 년이 가도 고쳐 주지 않는다. P는 씻는 것을 포기하고 방으로 들어가 컴퓨터 앞에 앉는다.

언젠가 검색창에 외롭다, 라고 입력한 적이 있다. 검색된 뉴스와 사이트, 웹 문서를 하나씩 클릭하다가 '론리 포레스트'라는 독립 영화관의 홈페이지에 들어가게 되었다. 시의 외곽에 위치한 그곳은 몇 해 전 문을 닫았지만, 홈페이지는 관계자들의 무관심 속에 방치된 채로 여전히 존재하고 있었다. 대문에는 마지막으로 상영한 작품의 포스터가 걸려 있었다. 데릭과 메어리라는 이름을 가진 남녀의 사랑이 소재인 영화였다.

홈페이지를 나가기 전, 무심코 게시판을 훑어보다 P는 조금 놀랐다. 자신처럼 외롭다, 를 검색해서 찾아온 누군가가 글을 남겨 놓은 것이다. 글은 하나가 아니었다. 그는 정기적으로 게시판을 찾고 있었다. P는 그의 글들이 깜빡이는 불빛처럼 여겨졌다. 아직 죽지 않았다는, 살아 있다는 시그널.

그 뒤, P는 틈날 때마다 게시판을 방문했다. 업데이트된 글이 없으면 예전 게시물을 반복해서 읽었다. 시간이 지나자 자연스레 글쓴이를 향한 친밀감과 동질감이 생겨났다. P는 그에게 영화의 주인공 이름을 따서 '데릭'이란 애칭을 붙여 주었다.

게시판에 새로운 글이 올라와 있다. 거의 두 달 만이다. 가슴이 세차게 두근거린다. P는 눈 맞춤을 하듯 다정하게 모니터 화면을 응시한다. 안녕, 데릭…….

이 세상에는 온갖 법칙이 존재하지. 그중에는 '끌어당김의 법칙'이란 게 있어. 설명하자면 아주 간단해. 인간의 생각은 그 자체로 강력한 에너지 라서, 무언가를 간절히 원하면 그것이 자신에게로 다가온다는 거지. 돈 이든, 명예든, 무엇이든.

나는 오래전부터 한 가지를 마음속에 그려 왔다. 그건 죽음이야. 이 세상 에서 내가 선택하거나 바꿀 수 있는 것은 없었어. 태어나는 것도, 살아가 는 모습도 어쩔 수 없었다. 그것들은 이미 내가 태어나기도 전에 정해져 있었지. 그런 내가 세상을 견디는 방법은 미쳐 버리는 것뿐이었어. 그러 나 유감스럽게도 그것 역시 내가 선택할 수 있는 영역은 아니었지.

하지만 단 한 가지, 죽음만은 다르다. 죽을 시기와 그 방법을 선택하는 것은 어쩌면 인간으로서 내게 허락된 유일한 자유일지도 모른다. 그리고 존엄성일지도 모른다.

몇 번이나 되풀이해서 글을 읽은 후에 P는 생각한다. 데릭도 나 처럼 버그를 가진 것이 틀림없다. 그의 버그는 무엇일까. 언젠가 물어봐야겠다. 푸시 푸시. 냉장고의 압축기가 소리를 내며 돌아간다. 나방 한 마리가 형광등 아래서 파닥거린다. P는 '메어리'란 닉네임으로 데릭에게 시그널을 보낸다.

버그(Bug)는 벌레라는 뜻을 가진 동시에 컴퓨터 프로그램의 오류를 뜻하기도 해. 버그를 수정하는 작업을 디버그라고 부르지. 아무리 사소한 버그라 할지라도 그 때문에 프로그램에 치명적인 오류가 발생할 수 있어. 명령어가 안 들을 수도 있고, 프로그램 자체가 중단되거나 강제 종료될 수도 있고.

고백하자면 내게도 버그가 있다. 혹시 보호 종료 아동이란 용어를 들어본 적 있어? 보육원에서 자라다가 만 18세가 되어 독립한 청소년을 그렇게 불러. 나는 보호 종료 아동이야. 동남아 출신의 조선소 노동자였던 아버지는 내가 일곱 살 때 산업 재해로 돌아가셨어. 삼 년 뒤, 식당에서 일하며 홀로 나를 키우던 어머니마저 지병으로 세상을 뜨고 말았지. 몸을 의탁할 마땅한 친척이 없던 탓에 나는 보육원에서 지낼 수밖에 없었어.

'나'란 프로그램은 이 사회에서 제대로 돌아가지 않아. 아버지에게 물려받은 검은 피부와 보육원 출신이라는 꼬리표는 나로 하여금 사회란 운영 체계와 호환 오류를 일으키게 하지. 나는 때로는 운영 체계 자체와, 때로는 다른 프로그램과 끊임없이 충돌해. 애초에 설계 과정에서부터 잘못된 거야. 프로그래머가 실수를 저지른 거야. 해결 방법은 두 가지. 누군가가 디버그해 주거나, 아니면 이 사회에서 삭제되거나.

갑자기 기침이 터진다. 고개가 휙 꺾이고 양어깨가 말려 올라간 채 딱딱하게 굳는다. 방 안에 기침 소리가 크게 울린다. 기침이 잦아들자 P는 손으로 심장께를 꽉 누르고서 커억 커억, 거친 숨을 몰아쉰다. 의사는 P가 선천적으로 폐가 좋지 않다고 했다. 어쩌면 버그는 셋일지도 모른다고, P는 생각해 본다.

며칠 동안 둘러본 집 중 유일하게 실내에 화장실이 있다. 싱크대도 아직 쓸 만하고 벽지도 깨끗한 편이다. 비록 지하이긴 하지만, 어차피 지금 가진 돈으로 지상은 구할 수 없다. P가 계약하겠다고 하자 공인 중개사는 휴대폰을 꺼내 든다. 네, 자취생이에요. 혼자고요, 개도 안 키워요. 통화를 마친 공인 중개사가 P를 돌아본다. 사무소로 돌아가죠. 집주인이 올 거예요. P는 갑자기 생각난 듯 공인 중개사에게 묻는다. 하수구에서 오수가 역류하지는 않겠죠? 공인 중개사는 그럴 리는 없겠지만 집주인을 만나면 문의해 보겠다고 한다.

공인 중개사 사무소에서 십 분쯤 기다리자 중년 여자가 장바구니를 든 채로 나타난다. P를 본 여자의 얼굴이 딱딱하게 굳어진다. 외국 사람인가요? P는 건조한 음성으로 대꾸한다. 한국인이에요. 공인 중개사가 여자에게 뭐라 귓속말을 한다. 여자는 미간을 찌푸린다. 애들 교육상 고아원 출신은 못 받아요……. P는 피식 웃는다. 하수구에서 오수가 역류하는지 물어볼 필요도 없다.

공인 중개사는 다른 매물을 찾아보겠다며 서류철을 뒤적인다. 우두커니 서 있던 P는 소파에 엉덩이를 붙인다. 애들 교육상, 애들 교육상, 애들 교육상. 여자가 한 말이 머릿속에 메아리친다. 텔레비전에 뉴스가 나온다. 거물 정치인의 사망, 물가 상승, 선거 소식이 차례로 이어진다. 집을 보러 하루 종일 돌아다닌 탓에 피로가 몰려온다. P는 소파 깊숙이 몸을 파묻는다.

뉴스가 미국 중서부에 내린 폭우 소식을 전한다. 40인치 화면에 거대한 콘크리트 댐의 모습이 비친다. P는 그 위용에 감탄한다. 가두고 있던 물의 압력을 견디지 못한 댐의 표면에 쩌적쩌적 금이 간다. P는 자신도 모르게 꿀꺽 침을 삼킨다. 두 주먹을 꽉 쥔다. 마침내 콰쾅, 굉음을 내며 댐이 붕괴된다. 쏟아져 나온 물이 숲을 휩쓸고 마을을 휩쓴다. 그 모습에 놀란 P는 흡, 숨을 멈추며 상체를 뒤로 뺀다.

어느새 사방에 저녁 어스름이 깔렸다. 천천히 거리를 걸으며 P는 눈에 잡히는 글자들을 마구잡이로 읽는다. 일요일은 쉽니다, 누수 탐지, 성광 교회, 네일 아트, 한솔 태권도, 가정식 백반, 구두 밑창 교체해 드립니다, 오늘의 특가 세일……. 불안하고 스산한 마음이 조금씩 안정된다.

결국 오늘도 이사 갈 집을 구하지 못했다. 그러나 P는 함께 사회생활을 시작한 보육원 동기들에 비하면 자신은 운이 좋은 편이라고 생각한다. K는 여태껏 고시원을 전전하고 있다. H는 가출

팸 아이들과 어울린다고 했다. M은 자립 정착금을 사기로 몽땅 날리는 바람에 고속버스 터미널 대합실에서 지낸다고 들었다.

왜 하필 18세일까.

때때로 보호 종료 아동의 나이에 대해 생각한다. 평범한 아이들은 한창 대입을 준비할 시기인 고3이지만, 보호 종료 아동은 생계를 잇기 위해 취업 전선에 내몰려야 한다. 그렇다고 괜찮은 일자리를 얻을 수 있는 것도 아니다. 성인이 아니므로 변변찮은 아르바이트 자리만 전전할 뿐이다. 한마디로, 보호 종료 아동은 아무것도 제대로 할 수 없다. 꼭 누군가가 골탕을 먹이려고 일부러 그런 식으로 나이를 정한 느낌.

한 시간이 넘도록 내처 걷자 다리가 돌덩이처럼 무거워진다. 근처에 있는 버스 정류장으로 가서 긴 의자에 앉는다. 마치 버스를 기다리는 사람처럼 전광판에 시선을 준다. 버스 번호가 약간의 간격을 두고 쉼 없이 떠오른다. 긴장된 다리 근육이 풀리며 졸음이 밀려온다. 버스가 정차할 때마다 승객이 쏟아져 내린다. P는 멍하게 그들을 쳐다본다. 대부분 퇴근길이겠지. 저들은 전부 뭘 해서 먹고사는 걸까.

정류장 측면 광고판에 머스터드 색 휴대폰 사진이 걸려 있다. 그것을 보며 P는 예쁘다, 의미 없이 중얼거린다. 보육원 시절은 물론이고 지금도 휴대폰은 소유하고 있지 않다. 성인으로 취급받는 나이인 19세가 아닐뿐더러, 법정 대리인이 없어 휴대폰 개통을 할 수 없기 때문이다. 아쉽다거나 불편하다는 생각은 들지 않는다. 어차피 연락을 주고받을 사람도 없으니까. 다만 이력서의 연락처 기재란에 곤란을 느낄 따름이다.

Hello.

갑자기 등 뒤에서 말소리가 들린다. 놀라 돌아보니 초등학생 서넛이 방글거리는 얼굴로 서 있다.

Where are you from?

America?

How do you like it here in Korea?

P는 벌떡 몸을 일으킨다. 아이들을 번갈아 노려보며 천천히 뒷걸음질하다 몸을 돌려 무작정 뛰기 시작한다. 사람들을 헤치며 오랫동안 달린 뒤에 어둠이 고인 샛길로 숨어든다. 허리를 꺾은 채 숨을 몰아쉬던 P는 다시 흠칫 놀라며 뒷벽에 바짝 몸을 붙인다. 눈앞에 조그만 아이들이 서 있다.

영어 해 봐.

영어로 말해 봐!

바보. 미국 사람이 영어도 못 해?

P는 두 눈을 꼭 감는다. 그러고는 주문처럼 흥얼거린다. 따라라, 따라, 따라라, 따라라라따다……. 조심스럽게 눈꺼풀을 들어 올린다. 아이들은 사라지고 없다.

좁은 샛길을 빠져나온 P는 자신이 어느새 시(市)의 끝자락에 다

다라 있음을 깨닫는다. 분명히 여기쯤일 텐데……. 주위를 두리번
거리며 얼마쯤 헤매다 야트막한 둔덕에 자리 잡은 공원을 찾아낸
다. 전단 아르바이트를 하다 보면 도시의 구석구석을 잘 알게 된
다. 멋진 건물과 특이한 상점, 숨은 골목 들까지. 이곳도 일을 하
다가 우연히 발견했다. 사실 공원이라고 부르기 민망할 정도로
운동 기구 서너 개와 벤치가 전부인 곳이지만, P에게는 이 볼품없
는 장소가 오히려 소박한 대로 아늑하고 편안하게 느껴진다.

공원 아래 깔린 4차선 도로 너머부터는 다른 도시다. 벤치에 앉
아 어둠 속에서 반짝이는 불빛을 바라보고 있으려니, 마치 닿을
수 없는 먼 나라처럼 여겨진다. 저 나라에서는 자신을 반겨 줄지
생각하다가 P는 가볍게 웃는다.

그의 버그는 무엇일까.

문득 데릭을 떠올린 P는 독립 영화관의 게시판에 올려진 글을
읽고 알아낸 그에 관한 사실들을 곱씹어 본다. 자신과 비슷한 나
이에 성별은 남자. 이 도시에 살고 있으며 독립 영화관을 혼자 자
주 찾았다. 어떤 이유에서인지 고등학교를 자퇴하고 방 안에 틀
어박혀 지낸다. 그리고 늘 죽음에 대해 얘기한다.

학교를 그만둔 이유에 버그가 숨어 있을까.

한참 생각에 잠겨 있던 중, 젊은 부부가 시야에 들어온다. 남자
의 품에 아기가 안겨 있다. 부부는 대화를 나누며 여유롭게 공원
을 산책한다. 그 모습을 물끄러미 건너다보며 P는 생각한다. 만약

내게서 자식이 태어난다면 그 아이는 버그를 갖고 있을 것이다. 말하자면 나처럼. 그것은 누구도 디버그해 주지 않을 것이다. 말하자면 나처럼.

아, 아직도 있구나.

P는 바탕화면에 있는 해파리 모양의 아이콘을 바라본다. 클릭하면 도박 사이트가 열린다. 한 달 전쯤 웹 서핑을 하다가 자신도 모르게 낯선 프로그램이 깔리고 해파리가 나타났다. 바탕화면에서 지워도 소용없다. 독 같은 악성 코드를 품고 있어 부팅하면 다시 생긴다.

바탕화면이 해저 풍경이기 때문일까. 해파리는 바닷속을 여유롭게 유영하고 있는 것 같다. 하지만 이대로 두자니 눈에 거슬린다. 짧은 고민 끝에 해파리를 완전히 없애기로 결정한 P는 제어판을 연다. 프로그램 목록에서 해파리가 소속된 프로그램을 선택하자 화면에 메시지 창이 뜬다.

Bmc Casino 프로그램을 제거하시겠습니까?

컴퓨터는 예(Y)와 아니오(N)로 선택을 묻는다. 0과 1로 이루어진 이진법의 세계에는 선택지도 두 가지뿐이다. P는 브라이스 인형처럼 두 눈을 깜빡인다. 이 사회도 마찬가지 아닐까. 나와 당신,

그쪽과 이쪽, 우리와 우리가 아닌 사람들…….

눈동자를 굴려 해파리를 바라본다. 해파리가 조금 전과 다르게 보인다. 바닷속을 노니는 게 아니라 사라지지 않겠다는 듯 바탕화면에 꽉 붙어 있는 것 같다. 지워도 지워도 다시 나타나는 모습 역시 살고자 하는 발악처럼 여겨진다. 컴퓨터는 계속 묻는다. Bmc Casino 프로그램을 제거하시겠습니까……. P는 아니오(N)를 선택한다.

영화관 홈페이지에 들어간다. 게시판을 확인해 보니 못 보던 글이 등록되어 있다. P는 가느다란 목을 빳빳하게 긴장시킨 채 글을 읽는다.

오늘, 기다리던 것이 도착했어. 그것은 박카스와 흡사했다. 작은 진갈색 유리병에 검은 액체가 삼 분의 이쯤 들어 있었지. 테스트를 해 보기로 결정한 나는 액체를 묻힌 음식을 비둘기가 자주 찾아오는 베란다에 놓아두었어. 이튿날 늦은 저녁에 나가 보니 비둘기 두 마리가 죽어 있더군.
예전에 '죽고 싶다'라는 말은 '살고 싶다', 혹은 '이렇게 살고 싶지 않다'의 다른 표현이란 글을 어디선가 읽은 적이 있어. 그렇다면 '지쳤다'는 어떨까. 나는 이것이야말로 진정 죽음을 바라는 자의 마음이라고 생각해. 지쳤다는 건 더는 살아갈 힘이 없다는 의미니까…….
간단히 말하자면, 나는 지쳤어. 그만 이 삶에서 놓여나고 싶다. 오랫동안 마음의 준비를 해 온 만큼 두렵다는 생각은 들지 않아. 마지막으로 여태껏 내 넋두리에 귀를 기울여 준 그쪽에게 작별 인사를 전하고 싶어.

싱크대 수도꼭지에서 똑똑, 물방울이 떨어진다. 컴퓨터의 하드디스크 램프가 심장 박동처럼 깜박인다. 아직은……. P는 중얼거린다. 아직은 살아 있을 것이다. P는 가늘게 떨리는 손으로 키보드를 두드린다.

동물병원에서 개나 고양이가 깔때기 모양의 기구를 목에 끼우고 있는 모습을 본 적 있어? 그것의 이름은 엘리자베스 칼라야. 동물이 제 몸의 상처를 핥지 못하도록 해. 영국 엘리자베스 시대의 의복 칼라와 모양이 비슷해서 그렇게 불리지.

나는 딱 한 번 놀이공원에 간 적이 있어. 여덟 살 생일날, 엄마가 나를 그곳에 데려갔지. 그날의 날씨와 공기 내음, 사소한 것 하나하나까지 아직도 또렷이 기억해. 어떻게 잊을 수 있을까. 그날은 내 생에서 단 하루뿐인 행복한 날이었는걸. 놀이공원에서 나는 보육원 출신도 아니었고 혼혈아도 아니었지. 오로지 여덟 살짜리 아이일 뿐이었어.

집에서 싸 온 김밥을 먹은 후 엄마는 내게 아이스크림을 사 줬지. 바닐라맛 소프트아이스크림. 벤치에 앉아 아이스크림을 천천히 아껴서 핥아 먹는데, 어디선가 내 손에 들린 아이스크림처럼 달콤한 멜로디가 들려오는 거야. 근처 가로등에 매달린 스피커에서 흘러나오는 소리였지. 제목도 작곡가도 모르지만, 그 멜로디는 칼로 새겨지듯 내 마음에 남았어.

많은 시간이 흐른 지금, 보육원 출신이라고 놀림 받던 기억이, 혼혈이라고 차별에 시달리던 기억이 떠오를 때마다 나는 그 멜로디를 흥얼거리곤 해. 그러면 놀이공원에서의 더없이 행복했던 하루가 생각나며 그것으로 말미암아 상처의 기억이 자장자장, 잠재워지기 때문이야. 그 멜로디는 내가 상처의 기억을 핥으며 고통을 되살리지 않도록 해 줘. 그 멜로디는 내 엘리자베스 칼라야. 따라라라라, 따라라, 따라라라따라…….

지금도 내 머릿속에서는 제목도 모르는 그 멜로디가 재생되고 있어. 너에게도 하나쯤은 행복한 기억이 있지 않을까. 그 기억에 의지해 살아갈 수는 없을까.

내일 일을 나가려면 지금 자야 한다. 몸을 일으켜 욕실로 간다. 거울 앞에 서서 양치질을 한다. 실지렁이 같은 가느다랗고 붉은 선들이 동공을 관통하고 있다. 그 눈을 쳐다보며 규칙적으로 손을 놀린다. 방으로 돌아와 불을 끄고 이부자리에 눕는다. 데릭의 글이 하수구에서 소용돌이치는 물처럼 뇌리를 맴돈다.

딸깍딸깍.

두 눈이 번쩍 떠진다. 누군가 현관 문고리에 열쇠를 밀어 넣고 있다. 딸깍딸깍. 숨을 죽이고 현관을 향해 신경을 곤두세운다. 진정하자. 취객이 집을 잘못 찾은 것일 수도 있다. P는 이불자락을 꽉 움켜쥔다.

딸깍딸깍. 계속해서 소리가 들려온다. 설마 도둑일까. 신고를 하고 싶지만 휴대폰이 없다. 이대로 있다가는 어떤 일이 벌어질지 모른다.

P는 가까스로 몸을 일으킨다. 티셔츠가 땀으로 흠뻑 젖어 있다. 후들거리는 걸음으로 이부자리를 빠져나간다. 부엌에 서서 전등을 켠 다음 목청껏 외친다.

엄마, 도둑이야! 빨리 경찰 불러!

말을 마치자마자 후다닥 도망치는 발소리가 들린다. P는 제자리에 털썩 주저앉는다. 여전히 가슴이 쿵쾅거린다. 엉금엉금 기어서 이부자리로 돌아간다. 이불을 머리끝까지 뒤집어쓴다.

곰팡이처럼 번진 어둠에서 빛 알갱이가 점점이 피어난다. 마침내 환하디환한 빛으로 시야가 가득 찼을 때, P는 한 사람을 본다. 피켓을 들고 서 있는 사람을. 피켓에는 이렇게 적혀 있다. 누구든 안아 드립니다.

알 수 없는 힘에 이끌리듯 그에게 다가간다. 갓 걸음마를 배운 아이처럼 한 발, 한 발 그리고 또 한 발. 상대가 점점 뚜렷해진다. 익숙한 얼굴이다. 검은 피부, 쌍꺼풀이 진 커다란 눈, 얇은 입술. 흡. 숨이 막힌다.

아빠!

P는 소리친다. 가슴이 터질 듯 두근거린다. 그에게로 가고 싶지 않다. 그러나 발길을 돌릴 수 없다. 한 발, 한 발 그리고 또 한 발. 그의 얼굴이 흐릿하게 뭉개지며 변모한다. 좁은 이마, 작게 솟은

코, 핏발 선 눈동자. 잠들기 전 욕실 거울을 통해 본 자신의 얼굴이다.

　오늘 전단을 돌릴 곳은 아파트 단지다. 경비원만 잘 피하면 아파트가 주택보다 작업하기 훨씬 수월하다. P는 멀리 떨어진 위치에서 경비실을 훔쳐본다. 공동 현관 옆에 자리 잡은 경비실에는 깡마른 체구의 중년 남자가 앉아 있다. 어쩔 수 없다. 1층은 포기하기로 한다.

　비상계단에 악취가 고여 있다. 계단을 오르는 동안 P는 호흡을 멈춘다. 2층에 다다르자 참던 숨을 몰아쉬며 크로스 백에서 전단 뭉치를 꺼낸다. 치킨 전문점 전단이다. 레몬색으로 튀겨진 치킨을 보자 저절로 입에 군침이 돈다.

　자신을 향해서는 늘 굳게 닫혀 있는 문들. P는 그 문들에 소리 없는 노크를 하듯 한 장 한 장 전단을 붙여 나간다. 똑같이 꽉 닫힌 문이지만 자세히 보면 저마다 조금씩 다르다. 교회 신자임을 알리는 스티커가 부착된 문도 있고 잠금장치가 몇 개씩 달린 문도 있다. 아기가 자고 있으니 초인종을 누르지 말아 달라는 말을 적은 메모지가 보이는 문도 있다. 도시가스 공급 중단 안내서나 관리비 독촉장이 붙은 곳도 있다. 문들이 가진 특색을 찾으면서 전단 붙이는 일이 조금은 재밌어졌다.

　엘리베이터에서 한 쌍의 남녀가 내린다. 그들은 P를 지나치면서 전단 뭉치를 힐끗댄다. P와 서너 발짝 떨어진 집 앞에 남녀가 멈춰 선다. 그들이 문을 열고 집 안으로 들어설 찰나, 여자가 P를 부른다. 저기요. P는 움찔 놀라 여자를 돌아본다. 여자는 붉은 립스틱이 발린 입술을 움직여 말한다. 여기는 붙이지 마세요. P의 눈동자가 불안하게 흔들린다. 고개를 몇 번이나 끄덕여 알겠다는 표현을 한다. 쾅! 닫히는 문소리에 P는 다시 한번 놀란다.

8층에 다다르자 다리가 후들거린다. 입에서는 단내가 난다. 잠깐 쉬기로 하고 복도 난간에 기대선다. 바람이 불어와 이마의 땀을 식혀 준다. 도시 전체가 한눈에 잡힌다. 그 모습이 컴퓨터의 메인보드를 닮았다고, P는 생각한다. 사방으로 뻗은 도로는 전기 신호선이고 열을 맞춰 늘어선 아파트는 확장 슬롯이다. 크게 박힌 검은색 빌딩은 메모리 칩이다. 정말로 이 세상이 컴퓨터라면 로그오프를 해 볼 텐데. 그러면 혹시라도 다른 세상이 펼쳐질까.

피식 웃으며 몸을 돌리다가 아, 하고 외마디 비명을 내지른다. 눈앞에 경비원이 서 있다. 바짝 마른 나뭇가지 같은 손이 뻗어 와 귀를 잡아챈다. 경비원은 P의 귀에 입을 바짝 대고 말한다.

네, 가, 붙, 인, 광, 고, 지, 전, 부, 떼, 고, 가.

집으로 가는 길, 굵은 빗줄기가 발길질처럼 몸에 내리꽂힌다. 젖은 옷에서 물방울이 뚝뚝 떨어진다. 기침이 터진다. 우산을 쓴 사람들이 P를 스쳐 지나간다. 우산살의 뾰족한 끝부분이 자꾸만 P를 밀어 낸다. P는 이리저리 치이다가 길 가장자리로 걷는다. 이번에는 도로를 달리는 차들이 튀긴 물이 옷을 적신다.

검은색 우비를 입은 노숙자가 전철역 계단에 앉아 있다. 그는 우걱우걱 빵을 씹으며 눈앞을 지나는 사람들의 다리를 멍하게 쳐다본다. P는 노숙자가 데릭일지도 모른다는 생각을 잠깐 해 본다.

집으로 돌아오니 또다시 욕실 바닥에 물이 고여 있다. 머리카락 뭉치와 욕실화가 둥둥 떠다닌다. 욕실에 조심스럽게 한 발을 들여놓는다. 맨발에 와 닿는 물의 감촉이 섬뜩하도록 차갑다. 몇 발짝 내딛다가 바닥에 고인 물에서 무언가를 발견한다. 수풀이다. P는 뒤엉켜 떠 있는 수풀을 본다.

방으로 들어간다. 벽에 등을 기댄 채 쪼그려 앉는다. 가슴 쪽으로 모은 두 다리를 팔로 꽉 껴안는다. 젖은 옷이 마르며 냄새가 난다. 경비원의 한 음절씩 끊던 말투가 떠오른다.

P는 입속말로 중얼거린다. 초등학교 2학년 때였어. 처음으로 남자아이랑 짝이 되었지. 키가 무척 크고, 아주 잘생긴 코를 가진 아이였어. 찰흙으로 빚어 붙인 것 같았달까.

어느 날, 그 아이는 나에게 말했어. 깜둥이. 그러고는 붉은색 크레용을 들더니 책상 중앙에 수직으로 굵은 선을 그었어.

넘, 어, 오, 면, 죽, 을, 줄, 알, 아.

지금도 그때 그 아이의 음성을 생생히 기억해.

그런데 말이야, 자라면서 보니까 붉은 선은 그 아이만 그은 게 아니었어. 세상 모든 사람이 그들과 나 사이에 그었지 뭐야. 그리고 그들도 똑같이 말했지. 넘어오면 죽을 줄 알아…….

힘겹게 몸을 일으킨다. 컴퓨터 앞에 안테나처럼 척추를 세운 채 앉는다. 영화관 홈페이지에 들어가 게시판을 확인한다. 데릭의 글은 올라와 있지 않다. P는 처음으로 먼저 데릭에게 시그널을 보낸다.

너는 내가 네 얘기를 들어 준 유일한 사람이라고 했지. 그런데 그건 너도 마찬가지야. 너 역시 내 속마음을 들어 준 단 하나뿐인 사람이다. 그렇다면 우리는 친구가 아닐까.

친구로서 부탁을 하고 싶다. 내게는 혼자서는 도저히 용기가 나지 않아 갈 수 없는 곳이 있어. 부디 네가 동행해 주었으면 좋겠다. 시간을 그리 오래 뺏지는 않을 거야. 반나절이면 충분해.

친구라면 부탁 하나쯤 들어줄 수 있지 않을까. 나는 그렇다고 믿는데, 네 생각은 어때?

졸음이 밀려온다. 자동차 대시 보드에 올려진 강아지 인형처럼 고개를 끄덕이다가 쓰러지듯 옆으로 눕는다. 긴장이 풀리며 머리를 무겁게 감싸고 있던 생각들이 한 꺼풀씩 벗겨져 나간다. P는 수면의 수면(水面)에 천천히 몸을 밀어 넣는다.

전단 구역이 너무 넓었다. 발바닥 피부가 열에 녹아 양말에 눌

어붙은 느낌이다. P는 절뚝거리면서 집을 향해 걷는다. 은색 소나타가 빠른 속력으로 스쳐 지나간다. 회오리바람처럼 흙먼지가 피어오른다. P는 손으로 입을 막고서 심한 기침을 뱉어 낸다.

현관 문손잡이에 열쇠를 밀어 넣다가 우뚝 동작을 멈춘다. P는 도리질을 한다. 그날 이후로 이따금 딸깍딸깍, 하는 이명이 들린다. 전단을 돌리다가도 딸깍딸깍, 잠을 자다가도 딸깍딸깍.

문턱에 서서 멍한 표정으로 집 안을 들여다본다. 거실 바닥에 거품 섞인 물이 출렁인다. 합성 세제 냄새가 코를 자극한다. 운동화를 신은 채 집 안으로 들어간다. 걸음을 옮길 때마다 저벅저벅 소리가 난다. 방에도 물이 고여 있다. 바닥에 있던 옷과 이불이 죄다 젖었다. 책상 의자에 앉는다. 오다가 편의점에 들러 구입한 김밥을 꺼내 든다. 얇은 비닐 포장을 벗기고 김밥 하나를 입에 넣는다. 차가운 김밥을 목구멍으로 넘기자 오싹, 몸에 한기가 돈다.

김밥을 전부 먹었는데도 여전히 배가 고프다. 부엌으로 간다. 싱크대 상부 장을 열어 보니 참치 캔이 한 개 남아 있다. 캔 뚜껑의 둥근 고리에 손가락을 끼워 넣는다. 뚜껑이 잘 따지지 않는다. 한껏 힘을 줘 잡아당기자 고리가 그만 툭, 떨어진다. P는 턱을 어루만지며 참치 캔을 내려다보다 포기하고 방으로 돌아간다.

컴퓨터를 켠다. 학교에서 보낸 단체 메일이 도착해 있다. 대학교 탐방 안내문이다. P는 손가락에 반지처럼 끼워진 참치 캔 고리를 빙빙 돌리면서 메일을 읽는다. 관광버스를 대절해 하루 동안 서울에 위치한 학교 세 곳을 방문하는 일정이고, 점심이 무료로 제공된다고 적혀 있다.

P는 새내기가 된 자신을 상상해 본다. 맨 먼저 신입생 환영회에 참석하겠지. 어쩌면 우리는 모두 과잠 차림일 수도 있겠다. 뒤풀이 자리에서는 술을 마실지도 모른다. 그다음에는 엠티를 떠날 것이다. 그때쯤이면 아마 친한 동기들도 생기겠지. 본격적으로 학기가 시작되면 강의를 듣게 될 것이다. 리포트도 쓰고 조별 과제도 하겠지. 대학 생활에서는 동아리 활동도 빼놓을 수 없다. 나는 어떤 동아리에 가입할까.

딸깍딸깍.

또다시 그 소리가 귓바퀴에 들러붙는다. 꼭 마우스 버튼을 누르는 소리 같다고 생각한 찰나, 해파리처럼 반투명으로 빛나는 거대한 메시지 창이 전면에 나타난다.

시스템에서 프로그램을 제거하시겠습니까?

아무리 기다려도 메시지 창은 사라지지 않는다.

시스템에서 프로그램을 제거하시겠습니까?
시스뎀에서 프로그랜을 제거하시겠습니까?
시스템에서 프로그램을 제거하시겠습니까?

메시지 창이 수없이 겹쳐 떠오르며 바싹 다가온다. 눈앞에 예(Y)와 아니오(N)만 존재하는 선택 버튼이 떠 있다.

우리 엄마가 너랑 놀지 말래.

너희 나라로 꺼져!

튀기는 안 돼요.

어떤 속삭임들이 다가왔다 사라진다. P는 떨리는 입술로 오래된 멜로디를 흥얼거린다.

따라라, 따따따따따따따따따따……

쩌적쩌적, 엘리자베스 칼라에 금이 간다. 곧이어 콰쾅, 굉음을 내며 붕괴된다.

욕실에서 흘러넘친 물이 방 안으로 스며든다. 무릎까지 물이 들어찬다. 수면에 많은 것이 떠다닌다. 임종하기 직전에 엄마가 지어 보인 슬픈 표정, 보육원 뒷마당에 심어진 커다란 감나무, 전단을 붙이며 본 낯선 동네의 풍경들.

허리께에서 물이 출렁인다. P는 영화관 홈페이지에 접속한다. 게시판을 확인하고서 아, 소리를 낸다. 저번에 올린 게시물에 데릭의 짤막한 답글이 달려 있다.

그쪽은 내게 고마운 존재임이 분명해. 그러나 부탁이 무척 당황스러운 것도 사실이야. 만나서 어딜 가려고 하지? 그리고 왜 하필 나를 선택했어?

급격히 불어난 물이 목울대까지 차올라 있다. P는 목을 길게 빼고 키보드를 두드린다.

말했잖아. 내게는 친구가 너뿐이라고. 네가 아니면 부탁할 사람이 아무도 없어.

놀이공원 입구의 대형 마스코트 앞에 오버핏 후드 티 차림의 데릭이 서 있다. 깊게 눌러 쓴 버킷 햇 아래 불안하고 어두운 얼굴이 엿보인다. P가 다가가 곁에 서자 데릭은 움찔 놀라며 돌아본다. 짧은 침묵이 이어진 다음, P는 한쪽 손을 들어 올리며 안녕, 하고 인사를 건넨다. 데릭도 작은 목소리로 안녕, 말한다.

매표소로 향하며 P가 지갑을 꺼내자 데릭이 당황한 표정을 짓는다. 표는 내가 사 놨어. 자유 이용권으로. P는 멍하게 데릭을 바라보며 입을 연다. 고마워. 그러고는 속으로 중얼거린다. 정말 오랜만이다. 누군가에게 고맙다고 한 것이.

주변 사람들에게 휩쓸려 걷다 보니 시계탑이 세워진 중앙 광장에 이른다. 어트랙션, 동물원, 화원으로 향하는 길이 나뉘어 있다. 오늘 전부 돌아보기에는 무리라고 판단한 P는 화원을 구경하자고 제안한다. 데릭은 고개를 끄덕인다.

고풍스러운 돌담길을 따라 걷는다. 평일의 놀이공원은 한산하다. 멀리 대관람차가 보이고, 하늘에는 애드벌룬이 떠 있다. 똑같은 옷을 맞춰 입은 한 떼의 아이들이 스쳐 지나간다.

문득 P가 묻는다. 왜 놀이공원에 오자고 했는지 궁금하지 않아? 데릭은 대답한다. 네가 게시판에 올린 글을 기억하니까. P는 생각한다. 혹시 그 얘기가 저 애에게 어떤 감흥을 준 걸까. 그래서 내 부담스러운 부탁도 들어준 건가.

이윽고 화원에 도착하자 맨 먼저 장미가 눈에 들어온다. 노란색, 주황색, 분홍색, 파란색, 보라색……. 장미 색깔이 이렇게 다양한 줄 미처 몰랐던 P는 적잖게 놀란다. 좀 더 발걸음을 옮기니 이번에는 수레국화와 카네이션이 한가득 피어 있다. 맑은 하늘 아래 드넓게 펼쳐진 꽃밭을 보자 마음이 환기가 되는 듯하다.

기분이 어때?

P의 물음에 데릭은 괜찮다고 우물쭈물 대답한다. 그러고는 혼잣말처럼 덧붙인다.

낮에 밖으로 나온 게 몇 년 만인지 모르겠네.

영화관은? 영화관에 자주 갔잖아.

그때는 늦은 밤에 찾아서. 대부분 관객이 나 혼자뿐이었지.

영화관에 어떤 특별한 의미가 있었던 거야?

데릭은 말을 고르는 듯 잠깐 가만히 있다가 입술을 뗀다.

그렇지는 않아. 그냥, 영화를 보는 순간만큼은 현실을 잊을 수 있었거든. 이야기만큼 몰입할 수 있는 것이 어디 있겠어.

온라인에서 알고 지낸 시간 때문일까. P는 데릭과 대화를 나누는 것이 어색하거나 불편하게 느껴지지 않는다.

거리 한쪽에서 턱시도를 입은 남자가 마술 공연을 펼치고 있다. 중절모에서 흰 비둘기가 날아오르는 모습을 본 사람들이 박수를 친다. P와 데릭은 한동안 마술을 구경하다가 자리를 뜬다.

야트막한 언덕에 이르러 거대한 풍차와 해바라기 군락이 나타나자 P는 자신도 모르게 탄성을 내지른다. 바람에 일렁이는 황금빛 물결을 넋 놓고 바라본다.

사진이라도 찍어 줄까?

데릭의 권유에 P는 힘없이 고개를 가로젓는다. 진작부터 다른 관람객들처럼 사진을 찍고 싶었으나 휴대폰도 없고 카메라도 없는 자신의 처지로서는 그럴 수 없다.

물끄러미 P를 건너다보던 데릭은 후드 티 앞주머니를 뒤적인다. 그리고는 휴대폰을 꺼내 들며 사진을 찍어 주겠다고 제안한다. P는 얼결에 고개를 끄덕인다. 해바라기밭을 배경으로 포즈를 취하며 그런 자신의 모습이 낯설고 이상해 자꾸만 웃음을 흘린다.

다시 얼마쯤 걷자 퍼레이드 행렬과 맞닥뜨린다. 주제는 판타지 여행. 검은 망토를 걸친 마법사와 초록색 피부의 고블린, 우락부락한 오크, 뾰족한 귀가 도드라진 엘프, 작달막한 체구의 호빗이 브라스 밴드의 경쾌한 연주와 함께 등장한다. 그 광경을 보고 있으려니 정말로 상상의 나라에 들어온 듯한 착각이 든다.

P는 생각한다. 지금 여기서는 현실의 모든 게 무효가 된다. 나

는 혼혈인도 아니고 보육원 출신도 아니다. 그저 열여덟 살짜리 청소년일 뿐이다.

정오를 넘겨 허기가 느껴지자 P는 도시락을 준비했다며 점심을 먹자고 한다. 데릭은 놀란 표정을 짓는다.

도시락을 싸 왔단 말이야?

P와 데릭은 가까운 벤치에 나란히 앉는다. P는 메고 온 백팩에서 2단 찬합과 보온병을 꺼낸다. 찬합을 열자 유부초밥이 나타난다. 아래 칸에는 오렌지와 딸기가 들어 있다. 데릭은 유부초밥을 가리키며 네가 만든 거냐고 묻는다. P는 아무 대답도 하지 않는다.

P와 데릭은 유부초밥을 하나씩 집어 우물거린다. 레시피를 보면서 처음 만들어 본 것치고는 꽤 성공적이라고, P는 판단한다. 데릭도 맛있다는 칭찬을 한다.

있잖아…….

유부초밥을 전부 먹은 뒤 오렌지 조각을 씹다가 데릭이 말문을 연다. 바람을 타고 날아온 꽃향기를 맡으며 P는 귀를 기울인다.

저번에 내게 엘리자베스 칼라가 있는지 물었던 거, 기억해?

응.

나는 그런 게 전혀 없는 줄 알았거든. 그런데 시간을 들여 찬찬히 지난 기억을 더듬어 보니까 하나 정도는 있더라.

P는 재촉하지 않고 이어질 말을 잠자코 기다린다. 데릭은 얼마간 뜸을 들인 다음 입을 연다.

어릴 때 살던 아파트에 지적 장애를 가진 애가 있었어. 초등학생인데도 말조차 제대로 하지 못했지. 그 애는 아파트 단지 내에 있는 놀이터의 전망대를 아주 좋아했어. 전망대는 정글짐과 비슷한 구조인데, 꼭대기에 딱 한 사람이 서 있을 만한 공간이 있었어. 늘 그곳을 지키고 있던 그 애는 다른 누군가가 침입하려고 하면 괴성을 지르며 쫓아냈어. 그런 그 애의 반응을 재밌게 느낀 아이들은 종종 일부러 전망대에 오르곤 했지.

그런데 어느 날, 아이들 열댓 명이 작정하고 동시에 전망대를 공략한 거야. 마치 공성전이라도 하듯이. 혼자인 그 애는 아무리 애를 써도 아이들을 당해 낼 수 없었지. 얼굴이 벌겋게 달아오르더니 급기야 울음까지 터트리고 말았어.

그 광경을 보다 못한 나는 전망대에 오르는 아이들을 저지했지. 그 애의 아군으로 참전한 거야. 덕분에 그 애는 무사히 위기를 넘길 수 있었어. 이후에 나는 그 애가 비슷한 괴롭힘을 당할 때마다 그런 식으로 도움을 주곤 했지.

일 년쯤 지나, 그 애의 집이 갑자기 이사를 가게 됐어. 소문에는 아파트 입주민들이 그 애가 자기 자식에게 안 좋은 영향을 끼친다며 쫓아내다시피 했다더라…….

그 애가 이사 가기 며칠 전이었어. 학원을 다녀오는 길에 우연히 놀이터에 있는 그 애와 맞닥뜨렸지. 언제나 그랬듯 전망대 꼭대기에 혼자 서 있던 그 애가 나를 발견하고서는 자기 쪽으로 오라고 손짓을 하는 거야. 어리둥절한 채 나는 전망대 쪽으로 다가 갔지. 그러자 그 애는 어눌한 발음으로 올라오라고 소리쳤어. 나 로서는 놀라고 당황할 수밖에 없었지. 하지만 그 애가 계속 재촉 해서, 어쩔 수 없이 전망대를 기어올랐어.

마침내 꼭대기에 이르자 그 애가 자기 옆자리를 내주는 거야. 우리는 몸을 바싹 맞대고 나란히 섰지. 솔직히 눈앞에 전망대라 는 이름에 걸맞은 멋진 풍경이 펼쳐진 건 아니야. 아파트 건물 사 이로 노을이 지는 모습이 보였을 뿐이니까. 그런데 이상하게도, 그때의 나에게는 그 광경이 굉장히 인상 깊게 다가왔어. 그 애와 나는 한참을 그렇게 조용히 서 있었지.

나중에야 깨달았지 뭐야. 그 애가 자신의 성역을 나에게만 허락 해 준 것이라는 사실을.

말을 마친 데릭은 물을 마신다. 고개를 주억거리면서 방금 들 은 이야기에 대해 생각하던 P는 '성역'이란 단어를 천천히 곱씹는 다. 성역이란 뭘까. 타인이 침범할 수 없는 마음의 영역쯤으로 정 의하면 될까. 어쩌면 엘리자베스 칼라와 비슷한 것으로 봐도 무 방할지도 모른다. 만일 그렇다면 데릭과 나는 서로에게 그것을 공개한 걸까. 어느새 우리는 상대방의 성역에 발을 들인 걸까.

놀이공원에 오자고 한 이유 말인데…… 혹시 오늘 생일이야?

데릭이 갑자기 묻는다. 당황한 P는 말끝을 흐리며 대답한다.

응? 응…….

172

역시 그랬구나.

여덟 살 생일날 처음 이곳을 방문했으니 꼭 십 년 만에 다시 찾은 셈이다. P는 십 년의 부피를 헤아려 본다. 보육원과 학교에서 겪은 괴롭고 견디기 힘들었던 일들…… 이상하게도 그것들이 까마득히 오래전처럼 여겨진다.

화장실 갔다 올게.

응.

혼자 남게 된 P는 고개를 돌려 주변을 살펴본다. 방학을 맞아 놀러 온 초등학생들이 우르르 눈앞을 지나간다. 무거워 보이는 카메라를 어깨에 멘 남자가 옆 벤치에 앉더니 손수건으로 이마의 땀을 훔친다. 샌들을 맞춰 신은 커플이 무슨 말인가를 귀엣말로 주고받으면서 느릿느릿 걸어간다.

P는 팔다리를 쭉 펴며 크게 숨을 들이마신다. 그러고는 여유로운 마음으로 지금 이 순간의 모든 것을 기억에 새겨 넣는다. 연푸른 하늘과 옅은 풀 냄새, 새들이 지저귀는 소리와 목덜미를 쓸고 지나가는 바람의 감촉…….

자리를 비웠던 데릭이 돌아온다. 머뭇머뭇하다가 후드 티 앞주머니에서 뭔가를 꺼내 내민다.

이거.

P는 그게 무엇이냐고 묻는 눈으로 데릭을 쳐다본다.

생일 선물이야.

데릭이 건넨 물건을 바라본다. 놀이공원 마스코트가 달린 열쇠고리다. 손에 들고 흔들자 햇빛을 받아 반짝 빛난다. 오랜만에 받는 생일 선물이다. P는 오늘 데릭과 함께하며 '오랜만'을 많이 겪는다고 생각한다.

뒤쪽에서 전동 카트 한 대가 나타나 중앙 광장 방향으로 빠르게 달려간다. 꽃밭의 스프링클러에서 물줄기가 뿜어져 나온다. 데릭이 손짓을 하며 말한다. 저기 좀 봐. 뽀얗게 일어나는 물보라 속에서 피어오른 무지개를 발견한 P는 와아, 감탄사를 뱉어 낸다.

따라라라, 따라, 따라라라……

지척에 있는 가로등에 매달린 스피커에서 놀이공원의 테마 송이 흘러나온다. 바람에 흩날리는 머리를 쓸어 넘기며 P는 크게 웃음을 터트린다.

왜 그래?

데릭이 의아해하며 묻자 P는 약하게 도리질을 하면서 아무것도 아니라고 대답한다. 그러고는 속으로 말을 잇는다. 방금 새로운 엘리자베스 칼라가 만들어졌거든.

　몇 년 전, 보호 종료 아동 중 상당수가 자살을 진지하게 생각한 경험이 있다는 뉴스를 접하고 깜짝 놀란 적이 있다. 나중에 보호 종료 아동의 실태를 조사해 본 나는 그들의 척박한 현실에 다시 한번 큰 충격을 받았다. 그렇지 않아도 청소년기는 힘들고 위태로운 시기인데, 거기에 부모 없는 아이라는 무게까지 더해지면 어떻겠는가.

　이후로도 보호 종료 아동 문제에 은근한 부채감과 의무감을 느끼던 중, 이번 앤솔러지 참여를 기회로 이에 대한 글을 써 보기로 결심했다. 소재 특성상 작품은 한없이 무거워질 수밖에 없었다. 하지만 그렇다고 마냥 암울하게만 그리기는 싫었다. 좀 더 정확히는, 어떤 따뜻함이나 빛, 다정함 같은 것들을 소설에 조금이나마 채워 넣고 싶었다.

각자의 어둠에서 벗어나 만남을 가진 P와 데릭의 진짜 이야기는 지금 막 '시작'된 참이다. 시작을 희망이라고 에둘러 말하고 싶지는 않다. 하지만 시작에는 분명 우리가 희망이라고 부르는 무언가도 섞여 있지 않을까.

부디 P와 데릭의 앞길에 작은 위안이 깃들기를 바란다.

전건우

그 날 밤, 우리가 갔던 흉가

전건우

2008년 단편 소설 「선잠」으로 데뷔한 후 지금까지 여러 권의 장편 소설과 다수의 단편 소설을 발표했다. 대표작으로 『밤의 이야기꾼들』『소용돌이』『고시원 기담』『살롱 드 홈즈』『마귀』『뒤틀린집』『안개 미궁』『듀얼』『불귀도 살인 사건』『슬로우 슬로우 퀵 퀵』『어두운 물』이 있다.

거기 귀신 나온대. 정말이래.

누가 그 말을 처음 꺼냈는지, 이제는 기억도 나지 않는다. 분명
우리 셋 중 한 명이었을 텐데…….

하지만 그곳에 가 보자고 말한 사람은 누구인지 확실히 기억한
다. 나였다.

"그러면 가 보자. 재밌겠네."

여름 방학 첫날이었다. 우리는 스터디 카페 앞 편의점 테이블
에 나란히 앉아 컵라면을 먹고 있었다. 방학이라 해도 딱히 감흥
은 없었다. 여름 방학을 즐기는 사치 따위, 고3에겐 허락되지 않
으니까. 우리는 그날도 아침부터 학원에 갔다가 저녁에는 스터디
카페로 장소를 옮겨 공부를 계속했다.

"우리가 애냐? 그런 데를 가게."

그렇게 말한 녀석은 경수였다. 경수는 우리 중 생일이 제일 늦는데도 툭하면 그런 식으로 말했다. 탕후루를 사 먹자고 해도 그건 애들이 먹는 거라 하고, 애니메이션도 애들이나 보는 거라며 탐탁지 않아 했다. 덕분에 '꼰대'라는 별명을 얻었다.

"야! 오히려 애들은 갈 필요가 없지. 우리는 공부만 하는 처지니까 가는 거잖아."

덩치만큼 목소리도 큰 대호는 벌써 컵라면을 다 먹고 삼각김밥 포장지를 뜯는 중이었다.

"이번에 안 가면 언제 또 기회가 오겠냐? 가 보자. 재미 삼아서."

"그러든가."

내가 한 번 더 말하자 경수는 의외로 쉽게 찬성했다. 여전히 떨떠름한 표정이긴 했지만. 녀석도 알았던 거다. 우리 셋이 뭉쳐서 뭔가를 할 수 있는 시간이 거의 끝나 가고 있음을.

"좋아. 그러면 모레 저녁 어때? 토요일 밤 정도는 잠깐 딴짓해도 괜찮잖아."

하지만 딱 하나, 우리가 모르던 게 있었다. 그곳에 발을 들여놓는 순간, 우리의 행동은 '잠깐' 딴짓이 아니게 될 운명이었다.

그곳은 폐가였다. 산기슭에 자리 잡은 우리 학교에서도 조금 더 위로 올라가야 나오는 곳이었다. 마당이 있는 2층으로 된 양옥이었는데, 그런 집이 어떤 이유로 버려졌는지 아무도 몰랐다. 다만 우리 학교 학생이라면 그 집을 둘러싼 소문만큼은 다들 알고 있었다. 학교 운동장에서도 똑똑히 보일 정도로 가까운 데에 그런 폐가가 있으니 소문이 안 돌 수가 없었다. 집주인이 자살했다는 이야기부터 살인 사건이 벌어진 곳이라는 이야기, 유명 유튜버가 촬영을 하기 위해 그곳에 들어갔다가 응급실에 실려 갔다는 이야기 등, 제법 그럴싸한 소문들이 있었다.

그중 가장 유명한 것은 귀신 목격담이었다. 그냥 귀신을 봤다는 정도의 괴담이면 크게 신경을 안 썼겠지만, 폐가에 얽힌 이야기는 조금 특별했다. 그만큼 황당하기도 했고.

"귀신 본다고 원하는 대학교에 합격한다는 게 말이 되냐고!"

토요일 밤 여덟 시, 우리는 폐가 앞에 모였다. 경수는 나와 대호를 보자마자 투덜거렸다. 그러면서 제일 먼저 와 기다릴 건 뭐람.

"그냥 재미 삼아 가 보는 거지, 뭐."

그렇게 말하긴 했지만, 나는 내심 소문이 진짜이길 바랐다. 귀신 한 번 보고 원하는 대학교에 갈 수 있다면 그거야말로 남는 장사니까.

폐가의 내력에 대해 아무도 모르는 것처럼 그 소문이 언제부터 떠돌았는지 역시 누구도 알지 못했다. 다만 나 같은 고등학교 3학년의 호기심을 자극하기에는 충분했다. 그래서일까, 학교 선배 중 누구는 귀신을 보고 어느 대학교에 갔다더라 하는 식의 꽤 구체적인 이야기가 꼭 소문에 따라붙었다. 크게 액땜하면 좋은 일이 생기기 마련이라는 나름의 해석까지 더해서.

"그러면 들어가 볼까?"

대호가 말했다. 나는 녀석의 목소리 끝이 살며시 떨리는 걸 놓치지 않았다. 사실 나도 긴장감을 누르려고 조용히 마른침을 삼켜야 했다.

가까이서 올려다본 그 집은 그야말로 살벌했다. 평범한 폐가가 아니었다. 아무것도 모르는 내 눈에도 섣불리 발을 들여놓아서는 안 될 곳으로 보였다. 모조리 깨진 창문 사이로 어둠이 흘러나왔다. 그랬다. 집은 지독한 어둠을 내뿜고 있었다. 창문이 뻥 뚫린 눈처럼 보였다. 시커멓고 커다란 눈.

"이건 폐가가 아니라 흉가 수준인데……."

경수가 말했다.

"그, 그러니까 더 신빙성 있잖아. 귀신 나온다는 거."

"넌 참 긍정적이라서 좋아."

나는 경수의 칭찬 아닌 칭찬에 어색한 미소를 지었다. 솔직한 마음으로는 돌아가자고 하고 싶었지만, 내가 먼저 말을 꺼내 놓고 발을 뺄 수는 없었다.

"뭐 해? 들어가자니까."

대호는 이미 마당으로 들어서고 있었다. 역시 우리 중 덩치도 가장 크고, 운동에 싸움까지 잘하는 녀석인 만큼 제일 겁이 없었다.

"응! 지금 가."

그래, 그냥 가 보는 거지, 뭐.

그런 생각으로 냉큼 대호 뒤를 따랐다. 계속 구시렁거리던 경수도 우리를 따라왔다. 나는 말할 것도 없고, 경수와 대호 역시 원하는 대학교에 가기에는 성적이 조금 애매했다. 그 애매함을 몇 개월 만에 '가능함'으로 만들기란 쉽지 않은 일이라는 걸 우리 모두 잘 알고 있었다. 귀신의 힘이라도 빌린다면 모를까……

마당에 들어서자마자 서늘한 기운이 몸을 감쌌다. 떨어져 나간 대문을 경계로 안쪽은 거의 초가을 수준으로 추웠다. 그 온도 차에 더해 꿉꿉한 습기까지 느껴졌다. 혹시 나만 그런 건가 싶어 돌아보니 두 녀석 모두 표정이 딱딱하게 굳어 있었다.

"둘 다 겁먹은 건 아니지?"

분위기를 풀어 보려고 실없는 질문을 던졌지만 아무도 대답하지 않았다. 어쩌면 그때가 기회였는지도 모른다. 셋 중 누구라도 이제 그만 가자고, 이럴 시간에 공부라도 더 하자고 말했다면 나머지 둘은 못 이기는 척 그러자고 했을 것이다. 나는 기꺼이 그럴 준비가 돼 있었다. 하지만 아무도 그 말을 꺼내지 않았고, 결국 우리는 예정된 파국을 향해 발을 내딛고 말았다.

집 안은 예상보다 훨씬 더 어두웠다. 셋 다 휴대폰 조명을 켰지만 끈적끈적하게 달라붙은 어둠은 떨어질 생각을 안 했다. 걸음을 옮길 때마다 나무로 된 바닥이 삐걱거렸다. 고약한 냄새도 났다.

그중에서도 최악인 건 자욱한 먼지였다. 창문이 다 깨져 있어서 바깥 바람이 들어올 법도 한데 사방이 꽉 막힌 듯 답답했고, 공기 중에 둥둥 떠다니는 먼지가 얼굴의 모든 구멍으로 파고들었다.

"이럴 줄 알았으면 마스크라도 챙겨 올걸."

경수가 코를 막은 채 말했다.

"그러게. 이게 몇 년 묵은 먼질까?"

내 질문에 대호가 답했다.

"난 쭉 이 동네에서 살았잖아. 내가 초등학생일 때도 이 집은 지금 상태 그대로였어."

"와…… 그 정도면 없던 귀신도 생기겠다."

진심으로 그렇게 생각했다. 어릴 때 할머니에게서 들은 이야기 때문이었다. 할머니는 종종 오싹한 이야기를 해 주셨다.

"동민아, 아주 오랫동안 버려진 채 방치된 물건이나 장소에는 귀신이 머문단다. 그러니 그런 건 건드리지도 말고, 그런 곳 근처에 가지도 말아야 해."

미안해요, 할머니. 나, '그런 곳'에 오고 말았어요.

"이제 어떻게 해? 귀신 나올 때까지 기다리는 거야?"

경수가 물었다. 따지는 투는 아니었다. 녀석은 약간 신경질적이고 차가운 면이 있지만 알고 보면 정이 많다. 내 수학 점수가 수직으로 하락하던 때, 자기 공부를 제쳐 두고 도와준 것만 봐도 알 수 있다. 덕분에 나는 점수를 반 평균까지 겨우 끌어올릴 수 있었다.

물론 그 이상은 무리였지만.

"더 둘러봐야 하지 않을까? 여기 2층도 있고, 지하실도 있어."

대호가 지하 계단을 향해 휴대폰 조명을 비추며 말했다.

"2층은 몰라도 지하실은 진짜 가기 싫다. 어휴."

경수는 고개를 저었다. 나도 같은 심정이었다. 거실 상태가 이런데, 지하에는 먼지와 곰팡이뿐만 아니라 온갖 벌레까지 살고 있을 것 같았다. 솔직히 말하자면, 나는 귀신보다 벌레가 더 무서웠다.

"그러면 1층이라도 샅샅이 살펴보자."

대호가 말했다. 그래, 우린 이제 막 거실에 들어섰을 뿐이었다. 1층만 해도 방이 두 개, 화장실이 한 개 있었다. 세 곳 중 어딘가에 귀신이 있을지 모를 일이었다.

소문에 의하면 이 집에 나타나는 귀신은 여자라고 했다. 그것도 우리와 같은 고등학교 3학년. 옛날 교복을 입고 머리카락을 늘어뜨린 채 허공에 둥둥 떠 있다는 게 공통된 목격담이었다. 왜 그 귀신이 나타나는지는 의견이 갈렸다. 이 집에 살았던 사람이라는 말도 있고, 성적을 비관해 이곳에서 목을 매 죽었다는 말도 있었다. 그럼에도, 보는 순간 온몸의 피가 식을 정도로 끔찍한 모습을 하고 있다는 목격담만은 모두 같았다.

"여기가 안방인 것 같은데……."

제일 먼저 들어선 방 안에서 대호가 중얼거렸다. 방은 제법 컸다. 침대 같은 건 없었지만 척 보기에도 아주 오래된 장롱이 떡하니 벽 한쪽을 차지하고 있었다. 장롱은 흉물 그 자체였다. 날카로운 무언가로 긁은 듯한 자국이 표면에 가득했고, 수많은 세월 동안 맺혔을 게 분명한 습기 때문에 나무가 전부 썩어 있었다.

"저거 한번 열어 보자."

웬일로 경수가 겁도 없이 장롱을 가리키며 말했다. 네 짝의 장롱 문은 꼭 닫혀 있었다. 절대 새어 나가서는 안 되는 비밀을 감추고 있는 듯.

"그래. 열어 봐."

내 말에 경수가 펄쩍 뛰었다.

"뭔 소리야? 가위바위보 해야지!"

"그럴 거면 말을 왜 꺼냈냐?"

나는 어이가 없어서 그렇게 물었다.

"경수 말이 맞아. 공평하게 가위바위보 하자."

대호까지 경수를 거들고 나서니 더 할 말이 없었다. 천하의 대호도 장롱을 열어 보는 것만은 하기 싫은 눈치였다.

"좋아. 대신 딱 한 판만 하는 거다?"

내가 말하자마자 두 녀석은 고개를 끄덕였다. 우리는 서로 눈빛을 교환한 후 동시에 외쳤다.

"가위, 바위, 보!"

"아……."

입에서 외마디 신음이 흘러나왔다. 나는 바위, 경수와 대호는 똑같이 보를 냈다. 자고로 남자는 주먹이라 했는데, 그런 구시대적 발상을 따르는 게 아니었어…….

"빨리 열어 봐."

경수가 싱글거리며 말했다. 어쩐지 대호도 웃음을 참고 있는 것 같았다.

"가위 낼걸……."

나는 구시렁거리며 장롱 앞으로 다가갔다. 꺼림칙했다. 이 집에 있는 뭔가를 맨손으로 건드려야 한다는 것만으로 기분이 엄청나게 나빠졌다. 온갖 불길한 생각이 꼬리에 꼬리를 물었다. 흉가에서 절대 열지 말아야 할 문을 여는 바보 멍청이가 제일 먼저 죽는다는 공포 영화의 법칙이나, 바퀴벌레 수백 마리가 장롱 안에 도사리고 있다가 몰려나올지도 모른다는 생각들…….

"뭐 해? 안 열어?"

경수가 얄밉게 자꾸 채근했다.

"알았어. 조명이나 잘 비춰!"

그렇게 말하면서 나는 장롱 문에 손을 가져다 댔다. 축축하고, 찝찝하고, 끈적끈적하고, 근질근질한, 말로 표현할 수 없는 이상한 감촉이 손바닥을 타고 온몸으로 퍼져 나갔다. 두 눈을 한 번 질끈 감았다 뜬 후 문을 열었다. 바로 그 순간, 어둠 속에서 뭔가가 요란스러운 소리를 내며 튀어나왔다.

"으악!"

나는 비명을 지르며 한 발 물러섰고, 다른 두 녀석도 빠르게 뒷걸음질을 했다.

"야옹!"

어둠 속에서 튀어나온 건 고양이였다. 그것도 몸집이 제법 큰 검은 고양이. 고양이는 잔뜩 겁먹은 우리를 잠시 비웃듯 바라보다가 천천히 거실 쪽으로 사라졌다. 마치 이곳의 주인은 자신이라는 듯.

"와…… 미친."

나는 그 말밖에 할 수 없었다.

"……고양이가 어떻게 들어갔지?"

경수가 중얼거렸다.

"지금 그게 중요해? 나 놀라서 죽을 뻔했다고!"

"그러게, 너 진짜 놀라더라."

"너희도 똑같이 놀랐잖아!"

"잠깐!"

대호가 갑자기 목소리를 낮추며 조용히 하라는 신호를 보냈다.

"왜……?"

다 묻기도 전에 나 역시 알아차렸다. 이상한 소리가 들리고 있다는 걸.

끼익. 끼익. 끼익.

그건 발소리였고…… 2층에서 들려왔다.

우리는 고개를 들고 천장을 바라보는 자세로 한동안 서 있었다. 그 사이에도 누군가가, 혹은 무엇인가가 2층을 걸어 다니는 소리가 계속 들렸다.

끼익, 끼익, 끼익…….

2층 바닥 역시 나무로 되어 있을 게 뻔했다. 그 위로 무게가 실릴 때마다 신음 같은 소리가 났다. 그에 맞춰 심장이 두근거리기 시작했다.

"귀, 귀신일까?"

경수가 속삭이듯 물었다.

"확인해 봐야지."

그렇게 말하기는 했지만 대호 역시 긴장한 표정이 역력했다. 나는 마른침을 삼켰다. 어둠 속에서 울려 퍼지는 소리에는 말로 전부 설명할 수 없는 섬뜩한 기운이 서려 있었다. 귀신이라 해도 무섭고 아니라고 해도 무서운 상황이었다.

"올라가야…… 하지 않을까?"

나는 두 녀석을 향해 조심스레 물었다. 여기서 내뺄 수는 없다는 마음을 담아서.

우리는 지극히 평범한 고등학생이다. 잘생기지도 않고 못생기지도 않은, 공부를 잘하지도 않고 못하지도 않는, 특출한 재능을

지닌 것도 아닌, 딱 중간 정도의 고등학생.

그리고 우리는 알고 있었다. 어른이 되면 결국 '어중간한' 삶을 살게 되리라는 것을. 그저 그런 대학교를 나와 그저 그런 회사에 취직해 그저 그런 매일매일을 보내다가, 가끔 셋이 만나 술잔을 기울이며 그때가 좋았다는 둥 추억이나 곱씹는 인생. 나는 그렇게 예정되어 있는 인생의 경로를 바꾸고 싶었고, 경수와 대호도 마찬가지였을 것이다. 그러자면 원하는 대학교에 가야 했다. 거기서부터 시작이라고 하니까.

"가 보자."

대호의 말에 나와 경수는 고개를 끄덕였다. 셋 모두 같은 마음이었다.

방에서 나와 2층으로 올라가는 계단 앞에 섰다. 어느새 소리는 사라졌지만 2층에 뭔가가 있다는 건 분명했다. 우리는 2층을 향해 휴대폰 조명을 비췄다. 어둠은 쉽게 사라지지 않았고, 그 때문에 계단 끝이 안 보였다. 혼자였다면 올라갈 엄두도 못 냈겠지만 어쨌든 우린 셋이었다. 공포가 그렇듯 용기 역시 전염성이 강하다. 대호가 먼저 성큼 계단을 밟고 올라서니 경수와 나도 용기를 낼 수 있었다.

계단은 이대로 폭삭 주저앉는 게 아닌가 할 정도로 삐걱거렸다. 나는 최대한 조심스레 발을 옮겼다. 좁고 가파른 계단을 지나 2층에 올라서자, 그곳은 또 다른 세계였다. 창문이 깨진 건 마찬가지였지만 난장판인 1층에 비하면 조금이나마 원래의 형태를 유지하고 있었다. 누가 남겼는지 모를 낙서도 없었고 악취도 훨씬 덜했다. 우리보다 앞서 이곳에 왔던 이들은 감히 2층으로 올라올 생각을 못 했을 것이다. 흉가 체험은 1층만으로 충분하니까.

2층에는 방이 많았다. 계단 바로 왼쪽에 한 개, 오른쪽에 두 개가 보였다. 모두 어둠이 꽉꽉 들어차 있었고, 악의가 다분히 섞인 냉기를 뿜어내는 중이었다.

"어디부터 들어가 볼까?"

내가 좌우를 번갈아 가리키며 물었다.

"오른쪽."

대호가 대답했다. 녀석은 내가 이유를 묻기도 전에 먼저 말을 이었다.

"발소리, 안방 바로 위에서 들렸잖아. 위치로 보면 오른쪽 방 어딘가에서 난 소리였어."

대호는 우리 중 가장 무신경하고 덤덤해 보이지만 의외로 눈치가 빠른 데다 예민하다. 그래서 녀석의 예리한 분석에 나도 모르게 고개를 끄덕이게 되었다.

"좋아. 그러면 오른쪽 첫 번째 방으로."

경수가 떨리는 목소리로 살며시 속삭였다. 그러고 보니 녀석의 표정이 유독 딱딱하게 굳어 있었다. 1층에서 나를 놀릴 때의 그 모습이 아니었다. 나는 경수의 어깨를 툭 치며 물었다.

"괜찮아?"

그 순간, 예상치 못한 반응이 돌아왔다. 경수가 그야말로 벌에 쏘인 듯 펄쩍 뛰더니 비명을 지른 것이다.

"으악! 하, 하지 마!"

거의 울 것 같은 표정이었다. 나는 놀라서 되물었다.

"왜, 왜 그래?"

"1층에선 괜찮았는데 여기 올라오니까 기분이 이상하단 말이야! 너희는 못 느꼈어? 누가 우릴 지켜보고 있다고!"

당황해서 대호를 바라봤지만, 녀석도 어떻게 해야 할지 모르는 눈치였다. 경수의 변화는 그만큼 갑작스러웠다. 그래서 우리 중 누구도, 심지어 경수조차도 알아채지 못했다. 무언가가 우리를 향해 다가오고 있다는 것을.

제일 먼저 눈치를 챈 건 나였다.

끼익, 끼익, 끼익.

소리가 들렸다. 우리를 2층으로 불러들인 바로 그 소리가.

나는 경수에게서 눈을 떼고 오른쪽 방을 향해 고개를 돌렸다. 괴물이라고 불러도 좋을 어떤 형상이 비척거리며 우리에게 다가오고 있었다. 피부처럼 보이는 건 온통 시커멓고 너덜거렸으며 곰처럼 덩치가 컸다. 그것이…… 우리를 향해 손을 뻗으며 외마디 소리를 냈다.

"끄으."

"으악!"

저절로 비명이 터져 나왔다. 내 비명을 듣고 대호와 경수도 뒤를 돌아봤다. 경수는 말할 것도 없고, 대호마저 그 괴물 앞에서 나처럼 비명을 쏟아 냈다.

"으악!"

"아악!"

우리는 누가 먼저랄 것도 없이 방금 올라온 계단으로 다시 내달렸다. 나무 계단을 밟을 때마다 우지끈, 하는 불길한 소리가 들렸다.

그리고 다음 순간, 내 발이 허공을 디뎠다.

초등학교 4학년 때가 마지막이었다. 가족이 다 함께 놀이공원에 갔던 건. 그날, 나는 무섭다고 소문난 놀이기구를 전부 타려고 벼르고 있었다. 드디어 내 키가 당당히 130센티미터를 넘겼기 때문이었다. 그동안은 키 제한 때문에 비행접시까지밖에 타지 못했지만, 130센티미터면 그 유명한 자이로 드롭도 탑승이 가능했다. 그래서 나는 홀로 당당히 자이로 드롭 대기 줄에 섰다.

뭔가가 잘못됐다는 걸 깨달은 건 안전 바가 내려오고 얼마 지나지 않아서였다. 하늘로 천천히 올라가는 자이로 드롭에 앉아 있자니 갑자기 오줌이 마려웠다. 그렇다고 내려 달라고 할 수는 없었다. 자이로 드롭은 이미 발아래로 엄마와 아빠가 아주 작게 보일 만큼 높이 올라온 상태였다.

덜컥 겁이 났다. 그러니까, 아래를 내려다본 그 순간부터 심장이 미친 듯이 뛰기 시작했다. 거기다가 오줌까지 마려웠으니 최악의 상황이었다. 내가 그러거나 말거나 하늘 높이 올라가던 자이로 드롭이 드디어 철컹, 하는 소리를 내며 멈췄다. 두 다리가 허공에서 대롱대롱 흔들렸다. 발을 디딜 공간이 없다는 게 그렇게 무서운 거라는 사실을 그때 처음 알았다.

그러고 난 뒤……

자이로 드롭이 예고도 없이 떨어져 내렸다.

그 순간의 느낌은 말로 표현할 수가 없다. 심장이 저 혼자 입 밖으로 빠져나갔다가 제자리를 찾는 느낌이라면 절반 정도 설명한 것일까?

아무튼 나는 비명도 못 지르고 속절없이 떨어졌다. 어디 그뿐인가, 나도 모르게 하체에 힘을 주다가 오줌까지 싸 버렸다. 무섭고 부끄러운데 묘하게 시원한 그 기분이란…….

그날 이후 나는 놀이공원 근처에도 가지 않았다. 중학교 수학여행도 아프다는 핑계를 대고 빠졌을 정도다. 놀이공원에 가지 않으려고. 정확히 말하자면 놀이기구, 조금 더 확실히 말하자면 높은 곳에서 떨어져 내리는 무언가의 근처에도 가지 않으려는 발버둥이었다.

그랬는데…… 나는 떨어지고 있었다.

194

등과 엉덩이가 어딘가에 닿긴 했지만 거의 수직 낙하였다. 계단 아래는 디딜 것 없이 텅 비어 있고, 그 상태가 아래층까지 계속된다는 걸 내가 알 턱이 없었다. 그래서 나는 이번에도 비명조차 지르지 못하고, 그저 몸에 힘을 꽉 주고 떨어질 뿐이었다. 따져 보면 단 몇 초였겠지만, 내게는 영원처럼 길게 느껴졌다.

내 몸은 1층과 지하 사이를 가로지르는 나무 바닥까지 뚫고 순식간에 지하실로 향했다.

풍덩!

내가 떨어진 것과 동시에 그런 소리가 났다. 퍽! 혹은 쾅! 둘 중 하나였다면 심각하게 다쳤을 것이다. 다행히 지하에는 물이 잔뜩 고여 있어서 어딘가가 부러지지는 않았지만, 풍덩! 역시 좋은 징조는 아니었다. 나는 수영을 전혀 할 줄 모르는데 지하에 고여 있던 물의 깊이가 상당했기 때문이다.

물속 깊이 가라앉았던 나는 발버둥을 친 끝에 겨우 수면 위로 올라올 수 있었다. 물론, 그때부터가 진짜 문제였다.

"살려…… 살려……."

살려 달라고 외치고 싶은데 잘되지 않았다. 입을 벌릴 때마다 시커멓고, 탁하며, 이물질 가득한 액체가 자꾸 입안으로 비집고 들어왔다.

이대로는 죽는다!

그런 예감이 지하의 차가운 물보다 더 선명하게 머릿속을 때렸다. 그래서 허우적거리면서도 뭐든 잡아 보려 애썼다. 그 결과, 용케 버티고 서 있던 낡은 책장을 손으로 짚을 수 있었다. 나는 그것에 필사적으로 매달렸다. 덕분에 물 밑으로 가라앉지 않고 버틸 수 있었지만, 또 다른 문제는 그다음이었다.

지하실은 너무나 어두웠다. 아무것도 보이지 않았다. 확인할 수 있는 거라곤 내가 물에 빠졌다는 사실뿐이었다. 입구가 보이기는커녕 그곳으로 가는 길조차 어둠 속에 파묻혀 있었다. 나는 일단 호흡을 가다듬은 뒤 모든 힘을 쥐어짜 내 외쳤다.

"살려 줘! 나 여기 있어!"

내 목소리가 지하실에 가득 울려 퍼졌다. 그럼에도 밖으로 뻗어 나가지 못했다. 다시 소리 높여 외쳤다.

"여기야! 지하실이야!"

이런 곳에서 비참하게 죽을 수는 없었다. 고등학교 3학년 여름 방학에, 귀신인지 뭔지 보겠다고 한밤중에 흉가에 왔다가 지하실에서 쓸쓸히 죽어 간 남학생…… 이 빌어먹을 집에 괴담 하나를 더해 주고 싶지는 않았다.

그러려면 무슨 일이 있어도 살아 나가야 했고, 대호와 경수의 도움이 필요했다. 두 녀석 모두 그 괴물 같은 존재에게 당하지 않았다면 반드시 나를 구하러 와 줄 거라는 믿음으로, 나는 또 소리쳤다.

"지하실로 와 줘!"

하지만 누구도 오지 않았다. 대답도 없었다. 불안감이 점점 커졌다. 몸은 시간이 지날수록 차갑게 식어 갔다. 지하실의 악취는 이루 말할 수 없을 정도였다. 무언가가 물에 퉁퉁 불어 부패하면서 온갖 지독한 냄새를 내뿜고 있는 것 같았다. 머리가 아플 지경이었다. 더 이상 견딜 수 없어진 나는 어떻게든 몸을 움직여 보려고 주위를 살폈다.

그때였다.

"동민아! 김동민!"

대호 목소리가 들렸다. 뒤이어 경수 목소리도.

"대답해 봐!"

"여기야! 지하실이야!"

나는 힘껏 소리를 질렀다. 잠시 후, 이번에야말로 확실한 대답이 돌아왔다. 경수였다.

"지하실? 알았어! 지금 갈게!"

경수와 대호가 지하실로 달려오는 얼마 안 되는 시간이, 내게는 한없이 길게만 느껴졌다.

"김동민!"

대호의 외침과 함께 지하실 문이 벌컥 열렸다. 동시에 불빛 두 개가 날아들었다. 그 짧은 순간, 나는 울컥 울음이 터질 뻔한 걸 간신히 참았다.

"나 여기 있어!"

휴대폰 조명이 일제히 내 쪽으로 향했다.

"너 괜찮아?"

경수가 물었다.

"응, 똥물에 빠진 것 말고는 괜찮아."

"헤엄쳐 나올 수 있어?"

대호가 물었다.

"아니. 물이 생각보다 깊은데 난 수영을 못 해서……."

지하실은 꽤 넓었고, 경수와 대호가 서 있는 계단과 내가 붙들고 있는 책장 사이에도 제법 거리가 있었다. 어설프게 헤엄치는 흉내라도 냈다간 물에 빠져 죽기 딱 좋았다.

"119에 신고할게. 조금만 기다려."

경수가 말했다.

"버틸 수 있지?"

이번에는 대호가 물었다. 마음 같아서는 당장 빠져나가고 싶었지만, 그게 어렵다는 건 누구보다 내가 제일 잘 알았다.

"응, 빨리 신고해 줘."

제발……이라고 덧붙이고 싶었지만 간신히 참았다.

경수가 휴대폰을 드는 게 보였다. 이제 모든 게 끝나는구나 싶었다. 여름밤에 벌어진 무의미하고 끔찍한 쇼가 막을 내리는 것이다. 그리고 우린 진탕 야단맞겠지. 그런 생각을 하고 있을 때였다.

뭔가가 내 다리를 더듬고 지나갔다.

물 밑에서.

"으악!"

나는 미친 듯이 비명을 질렀다.

분명했다. 내 다리를 스친 건 살아 있는 것이었다. 그것이 정강이를 휘감은 순간 바로 알 수 있었다. 절대로 썩은 나무 막대기 같은 게 아니었다.

"왜, 왜 그래?"

대호가 당황해하며 물었다. 나는 물속에서 두 다리를 마구 움직이며 소리쳤다.

"여기 뭐가 있어! 내 다리를 건드리고 갔다고!"

"그게 무슨 소리야?"

경수가 외쳤다. 그러면서 휴대폰 조명으로 물 쪽을 열심히 비춰 댔다.

"물속에 있어! 빨리 꺼내 줘, 빨리!"

나는 제정신이 아니었기에 거의 애원하다시피 외쳤다. 물 밑에 있는 정체 모를 것이 호시탐탐 먹잇감을 노리고 있다가 이제야 달려든 것 같았다. 그것이 괴물이든 귀신이든, 끔찍한 존재라는 사실은 변함없었다.

"잠깐 기다려!"

대호가 그렇게 말한 뒤 다시 계단을 달려 올라갔다.

"동민아, 침착해!"

내게는 경수의 말이 하나도 와닿지 않았다. 침착할 수가 없었다. 그것이 금방이라도 다시 돌아올 것 같았다. 이번에는 다리를 쓰다듬는 정도로 끝나지 않으리라는 확신이 들었다.

아니나 다를까……

물결이 인다 싶더니 이번에는 그것이 내 발목을 쥐었다. 차디찬 손길이었다. 아니, 과연 손이었을까? 아무튼 뭔가가 발목을 틀어쥐고 아래로 당기기 시작했다.

"악!"

나는 비명을 지르며 필사적으로 버텼다.

"왜 그래? 왜?"

경수가 다급하게 물었다.

"뭐가 날 잡아당겨!"

나 역시 다급하게 외쳤다. 그때 대호가 길쭉한 것을 손에 들고 내려왔다. 녀석이 들고 온 것은 커튼 봉이었다.

"당길 테니까 이거 잡아!"

대호가 내민 커튼 봉을 잡으려는 순간에도 물 아래의 그것은 나를 놓아주지 않았다. 점점 강하게 다리를 옭아매는가 하면, 당기는 힘 역시 갈수록 세졌다. 나는 커튼 봉을 향해 손을 뻗었다. 내 목숨이 이 가느다란 봉에 달려 있다니, 믿을 수 없었다. 대신 나는 대호와 경수를 믿었다. 두 녀석이 나를 꼭 구해 줄 것이라고.

그 믿음 하나로 커튼 봉을 잡았다.

"당긴다!"

대호와 경수가 동시에 외쳤다. 그러고는 반대쪽에서 커튼 봉을 당기기 시작했다. 나는 봉을 두 손으로 꽉 쥔 다음 봉에 완전히 매달렸다. 몸이 조금씩 계단 쪽을 향해 움직이기 시작했다.

하지만…… 쉽게 해결될 리 없었다. 그것은 나를 순순히 놓아주지 않았다. 오히려 방금과는 차원이 다른 힘으로 잡아당겼다. 이제는 허리춤을 틀어쥐고서.

"윽!"

나는 순식간에 물 밑으로 가라앉았다. 더러운 물이 코와 입으로 마구 들어왔다. 제대로 보이지 않았지만, 저 아래 어딘가에 엄청난 악의를 가진 존재가 도사리고 있다는 것만은 분명했다. 그 존재가, 날 놓아주지 않았다.

숨이 막혔다. 이대로라면 경수와 대호가 날 구하기도 전에 죽을 게 뻔했다. 사력을 다해 다리를 버둥거렸다. 그러자 그것의 힘이 아주 잠깐 약해졌다. 나는 그 틈을 놓치지 않고 다시 물 밖으로 얼굴을 내밀었다.

"동민아!"

경수가 소리쳤다.

"그게…… 그게…… 힘이 너무 세!"

나는 겨우 그렇게 말했다.

"우리가 더 세게 당겨야 해!"

대호가 말했다. 다행히 내 의도가 잘 전달된 것 같았다. 이번에는 두 녀석이 힘을 제대로 합쳐서인지 쭉쭉 당겨졌다. 나는 그것이 언제 또 습격해 올지 몰라 신경이 잔뜩 곤두섰다. 다행히 계단에 거의 다다를 때까지 그것은 별다른 반응이 없었다.

경수와 대호가 내 눈앞에서 손을 내밀고 있었다. 이제 두 녀석의 손만 잡으면…… 이 지긋지긋한 물에서 빠져나갈 수 있다.

그 순간이었다. 뒤쪽에서 물살을 가르는 소리가 들리더니 그것이 아예 나를 덮쳤다! 하지만 이번에는 두 녀석이 조금 더 빨랐다.

"올라와!"

대호의 외침과 함께 둘은 나를 번쩍 들어 올렸다. 붕 뜬 내 몸이 곧 계단으로 옮겨졌다. 그제야 안도의 한숨이 새어 나왔다. 하지만 방심은 금물이었다. 나는 경수와 대호를 향해 외쳤다.

"빨리 여기서 나가야 해! 빨리!"

그리고 두 녀석의 부축을 받으며 계단을 올랐다. 뒤를 돌아보니 물 표면에 파문이 일고 있었다. 무언가가 나를 놓친 아쉬움을 달래기 위해 깊이 자맥질이라도 한 듯이.

1층 거실로 올라가자마자 바닥에 주저앉았다. 다리에 힘이 들어가지 않았다. 그런 내게 경수가 물었다.

"도대체 뭐였어?"

"몰라. 생물인지 무생물인지도 모르겠는데, 아무튼 저 아래에 뭔가가 있어. 빨리 나가자. 참! 아까 우리한테 달려든 건 뭐였어?"

곰 같던 괴물을 떠올리며 물었다. 그러자 대호가 피식 웃으며 대답했다.

"여기 사는 노숙자였어."

"노숙자? 괴물 아니고? 덩치가 엄청 컸는데……."

"그게…… 옷을 여러 겹 입어서 그렇게 보인 거더라."

이번에는 경수가 말했다.

"뭐야? 그럼 난 도대체 왜 떨어진 거야?"

사람에게 놀라 지하실까지 떨어져서 죽을 뻔했다니. 화가 나기도 하고 허무하기도 하고 허탈하기도 했다.

"어쨌든 이 정도에서 끝나서 다행이야."

경수가 나를 달랬다.

"날 봐. 이게 다행이야? 나 진짜 죽을 뻔했다니까!"

나는 결국 소리를 지르고 말았다. 악취를 풀풀 풍기며 흠뻑 젖은 채로 있다 보면 누구든 화가 나기 마련이다.

"그래도 안 죽었잖아! 긍정적으로 생각해 보면……."

경수는 말을 끝내지 못했다. 대호가 무거운 목소리로 한마디를 했기 때문이었다.

"……저거 보여?"

그 목소리가 무척 낯설게 들렸다. 나와 경수는 대호가 가리키는 곳으로 자연스레 고개를 돌렸다. 대호는 멍한 표정으로 2층 난

간 쪽을 향해 손을 뻗고 있었다.

"뭐······."

나 역시 말을 잇지 못했다. 내가 보고 있는 게 진짜인가 싶어 몇 번 눈을 감았다 떴지만 소용없었다. 그것은 사라지지 않았다.

옛날 교복을 입은 여학생이 2층 난간에 목을 매단 채 둥둥 떠 있었다.

"귀, 귀신······."

경수가 더듬거리며 말했다. 분명했다. 귀신이었다. 우리가 그토록 바라던 귀신과 드디어 마주한 것이다.

하지만······

이쪽 세계의 존재가 아닌 것과 마주한 순간, 우리 셋은 이성을 잃고 말았다. 버틸 수 있는 종류의 공포가 아니었다. 온몸의 피가 차갑게 식고, 심장은 엇박자로 뛰었다. 머릿속에는 도망쳐야 한다는 생각으로 가득 찼다. 비명도 나오지 않았다. 우린 말 그대로 그 자리에 얼어붙었다.

그때였다.

귀신이 소리도 없이 쓱 움직여 우리에게 달려들었다. 푸르뎅뎅한 낯빛과 금방이라도 튀어나올 듯한 큰 눈알, 길게 늘어진 혀가 똑똑히 보였다.

우리는 그제야 비명을 질렀다. 동시에.

"으악!"

경수가 먼저 도망치기 시작했고 내가 그 뒤를 따랐다. 대호는 맨 마지막이었다. 우리 셋은 거실을 가로질러 현관문을 통과한 다음 그대로 마당까지 내달렸다. 나는 현관 앞 계단에서 한 번 미끄러졌지만 아픈 줄도 모르고 벌떡 일어나 다시 달렸다.

그렇게 우린 그 무시무시하고 빌어먹을 흉가에서 탈출했다. 힘이 전부 빠지는 바람에 셋 다 거의 쓰러지듯 바닥에 나뒹군 건 어쩔 수 없는 일이었다. 대호는 아예 대자로 벌렁 드러누워 버렸고, 나와 경수도 곧 따라서 밤하늘을 향해 누웠다.

"와…… 진짜였어."

대호가 숨을 헐떡이며 말했다.

"그, 그래. 정말로 있었어, 귀신이."

경수 역시 더듬거리며 말했다.

"우리 이제 원하는 대학교 가겠지?"

최초의 공포와 긴장감이 사라지자 제일 먼저 든 생각이 바로 그거였다. 내 말에 둘 다 피식 웃었다.

"하긴 소문이 사실이면 그렇기는 하겠다. 흐흐."

대호가 말했다.

"근데 다른 거 더 해야 하는 건 없었어?"

경수가 물었다.

"응, 귀신만 보면 된대."

내가 대답했다.

"그렇구나……."

경수는 그 말을 끝으로 입을 닫았다. 대호도, 나도 한동안 아무 말도 하지 않았다. 정확히는, 말이 나오지 않았다. 대신 속에서부터 뜨겁고 비릿한 무언가가 치밀어 올랐다. 그게 슬픔이라는 걸 깨닫고 무척 당황했지만, 눈물이 속절없이 흐르는 걸 막을 수는 없었다.

경수와 대호 녀석 역시 울고 있었다. 그렇게 우리는 소리를 죽인 채 한참 동안 눈물을 흘렸다. 왜 그랬는지는 지금도 모르겠다. 긴장이 풀려서였을까? 아니면 너무 무서워서? 그것도 아니면, 너무 좋아서?

그 질문의 답은 아마 앞으로도 영영 찾지 못할 것이다.

한참 후, 경수가 중얼거렸다.

"……밤하늘 진짜 예쁘네."

그러고 보니 하늘 곳곳에 별이 반짝이고 있었다. 그렇게 빛나는 별은 정말 오랜만이었다. 아니, 하늘을 올려다보는 것 자체가 오랜만의 일이었다.

"별 진짜 많네."

내 말에 대호가 맞장구를 쳤다.

"그러게. 오늘따라 유독 더 반짝이는 것 같은데."

"그나저나 오늘 일, 비밀인 거 알지?"

경수가 우리를 보며 말했다.

"당연하지."

나는 홀딱 젖은 주제에 당당하게 말했다.

"비밀 지킬게."

대호도 동의했다.

"그러면 손가락 걸어."

경수의 말에 우리는 일어나 앉아 서로 새끼손가락을 걸었다. 그러고는 말없이 흔들었다. 그때 나는 봤다. 두 녀석이 환하게 웃고 있는 것을. 물론 나도 그랬고.

그 후로 오랜 세월이 흘렀다. 몇 년 전 찾아간 옛 고등학교 동네에는 많은 변화가 있었다. 제일 큰 변화는 흉가가 있던 자리에 멋들어진 빌라가 들어섰다는 것이다. 그 빌라를 보며 어떤 귀신이라도 자본주의의 힘 앞에선 밀릴 수밖에 없다고 생각했다. 싱거운 웃음이 나왔다.

나는 지금도 경수, 대호와 가끔 연락을 주고받는다. 예전처럼 자주 만나지는 못하지만, 고등학교 동창 중 연락을 꾸준히 하는 건 두 녀석뿐이다. 우리는 실없는 이야기를 많이 하는데, 그 누구도 그날 밤 일에 대해 다시 말을 꺼내지 않는다. 그것은 일종의 규칙이다.

자, 그렇다면 이쯤에서 궁금해질 것이다.

귀신을 봤으니 우리가 원하는 대학교에 갔는지, 아닌지……

나는 이것 역시 비밀로 남겨 두려 한다. 때로는 결말을 완전히 드러내지 않아야 이야기가 더 의미 있고 재미있어지는 법이니까.

하지만 하나만은 분명하다.

여름밤, 흉가에서 있었던 그 일이 우리의 인생에 큰 영향을 미쳤다는 사실.

나는 그날 이후 악몽을 꾸다가 잠에서 깰 때가 많다. 그게 꼭 싫지만은 않다. 이제는 무서운 게 없어져서 무엇이든 과감하게 추진할 수 있게 됐으니까. 다른 두 녀석도 마찬가지다.

가끔 그날 일을 떠올린다. 원하는 대학교에 가기 위해 귀신을 보는 것까지 불사했던 우리의 열정과 간절함은 많이 옅어졌지만, 그래도 우리는 열심히 잘 산다. 각자의 자리에서.

오늘, 모처럼 두 녀석과 식사 약속을 잡았다. 우리는 여느 때처럼 옛 추억을 끄집어내 실컷 웃고 떠들 것이다. 물론 흉가에서 있었던 일에 대한 이야기만은 쏙 뺀 채. 그래도 나는 경수와 대호에게 늘 고마움을 안고 살아가고 있다. 그때 두 녀석이 용기를 내 나를 구해 주지 않았다면, 지금처럼 소설을 쓰는 사람이 되지 못했을 테니까.

제게는 고등학생 때의 기억이 없습니다. 몸이 안 좋아 학교를 갈 수 없었던 탓에 고등학교 과정을 검정고시로 이수했거든요. 그렇기에 저는 '고등학교', 특히 '고등학교 3학년'에 대한 환상을 품고 있습니다.

자신의 목표와 꿈을 향해 길게는 삼 년, 짧게는 일 년을 거침없이 불태우는 청춘!

제가 너무 낭만적으로만 생각하는 걸까요? 물론 저도 수능을 봐서 대학교에 갔고, 열심히 공부했습니다. 하지만 원하던 대학교에 간 것은 아니었습니다. 취업이 잘되는 곳이라고 해서 선택했죠. 당시의 저는 꿈이라고 할 만한 걸 가지고 있지 않았습니다. 그럴 마음의 여유가 없었어요. 집은 가난했고, 몸은 여전히 약했으며, 그런 가운데 취업을 해 돈까지 벌어야 했으니까요.

그랬던 제가 막연하게나마 '꿈'이라는 걸 품기 시작한 건 오히려 대학교에 다니고부터였습니다. 아주 구체적이지는 않았지만, '글을 써서 돈을 벌고 싶다!'라고 생각하게 된 거죠. 글 쓰는 걸 어릴 때부터 좋아했거든요.

그러나 제 전공은 글과는 무관한 해운 경영이었어요. 졸업만 하면 취업이 보장되는 과였는데, 저는 결국 글 쓰는 일을 택하고 말았습니다. 태어나서 처음으로 꿈을 좇았던 순간이 바로 그때였어요. 그렇게 '소설가 전건우'가 세상에 나오게 됐습니다.

꿈을 이루는 데에는 너무 이른 나이도, 너무 늦은 나이도 없다고 생각해요. 다만 조금의 용기가 필요할 뿐이죠. 그 조금의 용기가 나머지 삶 전체를 바꾼다는 이야기를 하고 싶습니다. 모든 꿈을 다 이룰 순 없겠지만, 용기를 내지 않으면 어떤 꿈도 이루지 못한다는 건 확실하거든요.

여러분의 인생에도 그런 작지만 강한 용기가 깃들기를, 진심을 담아 기원합니다.

한 여름 방학의 꿈

ⓒ 남세오·유영민·이유리·전건우·전앤, 2024

초판 1쇄 인쇄일 | 2024년 7월 19일
초판 1쇄 발행일 | 2024년 7월 31일

지은이 | 남세오 유영민 이유리 전건우 전앤
펴낸이 | 정은영
편 집 | 전유진 장혜리 최찬미
디자인 | 이선희
마케팅 | 최금순 이언영 연병선 윤선애 최문실
제 작 | 홍동근

펴낸곳 | (주)자음과모음
출판등록 | 2001년 11월 28일 제2001-000259호
주 소 | 10881 경기도 파주시 회동길 325-20
전 화 | 편집부 (02)324-2347, 경영지원부 (02)325-6047
팩 스 | 편집부 (02)324-2348, 경영지원부 (02)2648-1311
이메일 | jamoteen@jamobook.com

ISBN 978-89-544-5089-8 (43810)

잘못된 책은 교환해 드립니다.
저자와의 협의하에 인지는 붙이지 않습니다.